U0133068

人类失去责任，世界将会怎样？

工作就是责任

周永亮　李建立◎著

一个缺乏责任的人是不可靠的人
一个缺乏责任的组织是注定失败的组织

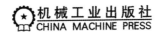

机械工业出版社
CHINA MACHINE PRESS

责任，是工作出色的前提，是职业素质的核心。

一个缺乏责任的民族是没有前途的民族，一个缺乏责任的人是不可靠的人！

一个缺乏责任的组织是注定失败的组织，不管这个组织看起来是多么的强大与可怕！

著名管理大师德鲁克说："责任保证绩效。"一个高效率的团队必然是由一群充满责任感的成员所组成的。对于员工来说，要提升工作的业绩，必须提高自身的责任感；对于企业来说，提高团队绩效的好方法就是提升员工的责任感。

本书提出"工作就是责任"，将"责任"这个概念进行了深入、生动的具体阐述，提出了"责任感的5项基本特征"、"妨碍人们责任感的4种病症"以及"责任感修炼的6个步骤"，具备很强的可读性和可操作性。无论对于企业员工还是企业管理人员，都有很好的指导作用。

图书在版编目（CIP）数据

工作就是责任/周永亮，李建立著 . —北京：机械工业出版社，2008.1

ISBN 978-7-111-22685-7

Ⅰ. 工… Ⅱ.①周…②李… Ⅲ. 责任感—通俗读物 Ⅳ. B822.9-49

中国版本图书馆 CIP 数据核字（2007）第 168076 号

机械工业出版社（北京市百万庄大街 22 号　邮政编码 100037）

责任编辑：文菁华　责任印制：洪汉军

北京铭成印刷有限公司印刷

2008 年 1 月第 1 版·第 1 次印刷

148mm×210mm·6.25 印张·2 插页·91 千字

标准书号：ISBN 978-7-111-22685-7

定价：20.00 元

凡购本书，如有缺页、倒页、脱页，由本社发行部调换

销售服务热线电话：（010）68326294

购书热线电话：（010）88379639 88379641 88379643

编辑热线电话：（010）88379001

封面无防伪标均为盗版

序一
责 任 为 本

茅忠群

宁波方太厨具公司总裁

当拿到《工作就是责任》一书的样稿时，我就觉得这是一本及时的好书。所谓好书倒不是因为它在理论上有多么高深，而是这本书谈的是一个特别浅显、但对企业特别重要、却被很多人忽视甚至觉得有些老生常谈的话题：责任！

在我看来，责任感是团队的核心工作原则，一个没有责任感的团队注定是一个失败的团队，不管你团队中的人多么能干！我在方太一直打造的就是一种有责任感的文化，是一种人人都勇于承担责任的文化！对岗位职责负责，对流程负责，对项目负责，对上司负责，对下属负责，对自己负责。

换一个角度，大家知道美国、日本和德国的大型跨国企业能够在国际市场驰骋纵横，这离不开这些企业员工的高度责任感。中国企业真的想要在国际市场追赶美日德企，必须要加强"责任"文化这一课，否则赶超只能是一种美好的愿望而已。

周永亮、李建立二位博士是我的老朋友了，我们曾经在文化研究方面合作过，周博士到我们公司去过很多次，我们也交流过很多观点，特别是关于责任的观点。我记得他来公司看到公司草坪上插的那块牌子——"我是一切的根源"时，他问我这是什么意思。我说："很多人问过我这个问题，实际上，我也没有什么其他的意思，就是想随时随地提醒每一个人：遇到任何问题，首先要从自己身上查找原因，首先想我应该怎么办，而不是努力去找别人的问题，去想别人应该怎么办！因为，只要有了这种文化，别人的问题别人自己会主动查找。这样很多问题就会在良好的气氛中得到快速解决。"

一个企业仅仅靠制度管理是不行的，因为制度也不可能自动地盯着每一个人，如果一个人缺乏责任感，恐怕什么样的制度都很难生效！我的观点是，一旦你踏上了任何一个岗位，你就选择了一份责任、拥有了一份使命。要承担职位赋予你的责任，如部门主管要承担百分之百的部门责任，按时按质完成负责的工作，对所做工作的结果负责，尽量避免让上司修改"作业"或收拾烂摊子，不轻易上交矛盾和问题。说得直白些，"自己的猴子自己管好"。

书中"卓越组织的内核是责任"的观点给了我极大的支持，也使我有了很强的共鸣。确实，正如周博士所说：

"一个人做件好事并不难，难的是经常做好事，更难的是将做好事作为自己的义务！如果一个人缺乏信仰，这种要求是不可能的，甚至是难以想象的！一个人的信仰哪里来？如果没有一种良好的组织范围和卓越的组织精神，怎会有人们强烈的信仰？卓越的员工行为一定是源于卓越的企业文化，而卓越的企业文化核心就是责任，只有强烈的责任感才能推动一个人将持续的做好事情视为自己的义务！"

方太经历了风风雨雨，我时时刻刻不敢忘记自己的责任，也一如既往地强调责任。我相信：

成功的管理者一定是负责任的管理者。他们敢立"军令状"，敢于说"做不到我负责"！

在方太，有一句人人都知道的名言：山不过来，我过去！

这句话不是我说出来的，而是来自我们公司最普通的员工。这就是他们对于责任的理解：主动，无论何时何地都主动地为客户解决问题。这也是我为他们感到骄傲的地方。智商高不是事业成功的必要条件，仅仅靠聪明绝不能取得成功！什么能够确保企业经营管理的成功？是领导力、沟通技巧，还是精致的计划、充裕的财务支持？当然，这都是非常必要的条件！但是，有一条比以上所有因素都重要，那就是责任———一种努力行动、使事情结果变得更积极的心态！

这是本书的基本核心，也是我们企业界在管理中所追求的境界！

序二
构建责任价值观

聂圣哲

德胜(苏州)洋楼有限公司总监，德胜管理
体系创立者，长江平民教育基金会主席，
四川大学、哈尔滨工业大学、
同济大学教授，博士生导师

近年来，周永亮博士作为一位著名的管理咨询专家，以他敏锐的思想和扎实的理论基础，通过辛勤甚至超负荷的工作，在执行力研究与实践方面已取得了傲然的成就。值得高兴的是，周博士并没有因此固步自封，而是继续在中国企业伦理改造方面孜孜不倦地进行探索和研究。在此过程中，有时，为了验证自己新提出的理论的正确性，周先生会整月呆在企业里，和一线工作人员打成一片，尽最大努力去了解企业的真实情况，以便使自己的理论得到实践的校正，最终达到自己的学术结论能对中国的企业有着正确的引导作用的目的——以免由于学术态度的不严谨和某些方面的疏忽，草率地向社会推广一些不成熟的理念，形成"冠冕堂皇"的学术误导，以致给企业造成巨大的损失。

在当下企业咨询师队伍鱼龙混杂的情形下，本书作者周永亮博士热忱地关注着中国企业的健康运营与发展，独树一帜，以真诚的态度、渊博的学识、脚踏实地的工作作风，帮助企业修正路线、调整战略、增加员工信念，在企业推行健康的价值观，并走向良性循环的轨道……与其说这是周永亮博士的日常工作，倒不如说这是他在履行一个有良知的专家的社会责任（或者说，这是带着强烈责任感的工作）。所以，我认为，周永亮先生是一个有着强烈责任感的学者。

工作就是责任，这既是一个学术命题，也是一句响亮的口号。但是，就这样一句看起来极其简单的话语，在中国的企业中做起来却是非常困难的；要想让每一个国人从灵魂深处形成工作就是责任的价值观，真是难上加难。这种现状，已严重地阻碍着中国企业的发展，甚至，某些企业的正常运营都因此受到了威胁。周永亮博士在书中伴以一个个鲜活的实例，系统地阐述了工作就是责任这一重要原则，力求使中国的企业家、雇员，甚至全中国人都能做到这一点……他用大量的事实告诉我们，只要你遵循工作就是责任的价值观，你就能赢得别人的信任和赞许，才能化被动为主动，才能更好地掌握自己的命运。

其实，当一个人去完成某一项工作时，实质上就是在履行一种契约，责任感就是对契约的遵守和敬畏。只有信仰的力量和自我约束，才能促使一个人不仅能准确无误地去完成工作，而且，甚至比要求的做得还出色。在完成工作的过程当中不但做到没有怨言，而且，还充满着自豪和荣耀。发达国家成功的经验告诉我们，一个企业，只要大都数人做到了"工作就是责任"，这个企业就有了战胜困难的力量，就有了取得客户信任的依据，就有了良性发展的价值观的保证。大量的事实证明，有了工作就是责任的价值观，不仅能让雇员能得到老板更多的关怀，老板也能得到雇员更真诚的爱戴，公司就能得到客户充分的信任，甚至，每一个客户都将变成最真诚的朋友。真正做到了工作就是责任，还可以化解工作中的过失，甚至，化解过失的过程将变成建立友谊的成因……最终，人们会发现，有责任感的团体或个人，自己就是这种价值观的最大受益者。

我期待《工作就是责任》这本书能给当今浮躁的社会

以顿悟和启迪，让工作就是责任成为越来越多的中国人的思维和行动的一种准则，如果能够这样，中国的社会就向前迈进了一步。

二零零七年初冬于姑苏城外改华堂

工作就是责任

目录
CONTENTS

工作就是责任

目录
CONTENTS

工作就是责任

目录
CONTENTS

引　子

在与朋友聊天的时候，我听他讲了一个关于雷英夫的故事。雷英夫曾任周总理的军事秘书、总参作战部副部长。

有一次，周总理带领我国的政府代表团出访前苏联，与该国政府签定一个很重要的协定。

在签署协议的前一天晚上，雷英夫找到周总理，说他发现法文版协议少了一项。周总理问雷英夫："你懂法文吗？"雷英夫说："我不懂。"原来不懂法文的雷英夫将法文文本与中文文本进行逐行对比时发现了此问题。

雷英夫不懂得法文，可是他却能发现法文文本中的错误。这说明了什么？很多问题的发现和解决，首先靠的是责任心，而不是专业能力。

很多人谈到责任感的时候夸夸其谈，但实际中总是觉得这里不好那里不好，不是自己不负责任，而是没有负责任的环境和事情！似乎只有惊天动地的事情才是负责任的最好体现。殊不知，责任正是体现在普通的工作中、体现在每一天的工作中！

第一章

卓越组织的精神内核是责任

责任是卓越企业文化的核心

责任是个人价值实现的前提

责任是造就基业长青的源动力

责任是使组织保持正确战略选择的罗盘

责任是造就卓越团队的内推力

一个缺乏责任的民族是没有前途的民族，一个缺乏责任的人是不可靠的人！

一个缺乏责任的组织是同样是注定失败的组织，不管这个组织看起来是多么的强大！

世界500强排名第7的安然因财务欺诈轰然垮台、世界最知名的会计师事务服务机构安达信为自己的不诚实用解散方式埋了单，国内的三株口服液对于消费者生命问题的漠然反应、南京冠生园的陈馅月饼事件都将企业带入了绝境。德鲁克认为，企业的使命不在于现在能够赚到多少钱、利润几何，而是创造顾客！不管你的企业赚到了多少利润，当不能持续创造顾客的时候，你的企业寿命就到期了！而创造顾客、特别是持续创造顾客的基本要求就是责任，也就是你能不能为顾客负责、为社会负责、为长远的发展负责！

责任是卓越企业文化的核心

人们会经常听到这样的新闻：联邦快递的一位客户经理为了给遥远地区的新娘准时送去定做的婚纱而包租飞机，四季饭店的门童为了给已经登机离开的顾客送去丢失在酒店的行李而自己买了张机票将行李送到客户所去的城市……

我们不禁要问：这是员工偶然的行为吗？当仔细研究这些案例的时候，我们发现，这类企业里有很多类似的事情发生。

一个人做件好事并不难，难的是经常做好事，更难的是将做好事作为自己的义务！如果一个人缺乏信仰，达到这种要求是不可能的，甚至是难以想象的！一个人的信仰哪里来？如果没有良好的组织氛围和卓越的组织精神，怎会有人们强烈的信仰？卓越的员工行为一定是源于卓越的企业文化，而卓越的企业文化核心就是责任，只有强烈的责任感才能推动一个人将持续地将做好事情视为自己的义务！

德胜洋楼是我见过的企业中比较有特色的一个，从《德胜员工守则》中也体现了其风格与特点，以前我们也进行过合作，2007 年 5 月的一天，我应蒋永生老友的邀请到德胜进行了考察。干部顶班制度、相互求助习惯、员工的礼貌勤快给我留下了深刻的印象，但是被接待部门来陪我考察并接送我的小金（恕我用化名）让我更有感慨：

在我考察的时间里，小金随叫随到，直到我让他离开，在开车送我去上海虹桥机场返回北京的路上，我才了解到他是被老蒋从别的部门借来陪我的，他不仅对此没有一丝怨言，而且表现出了很多的兴奋，他给我讲了他自己的一个经历：

他毕业于上海的一所大学，担任公司的营销助理，在一天下班后，他刚刚走到楼下，发现办公大楼的大堂里仓库保管员刘某在看大堂里的公用电视（仓库与办公大楼紧挨着），这本倒没有什么，那个电视就是方便让大家在休息时间看的。让小金不大痛快的事情是，那个看电视的刘某形象不太雅观：鞋脱在地上、裤腿挽倒膝盖上，脚上没有穿袜子！

现在是晚上，下班时间，小金又不是专门的制度督查者，完全可以不管这件事。但是小金心想：万一有客户来公司看到这样的情形会如何？客人会对公司有什么样的看法？！想到这里，他不由自主地走到了刘某身边，轻轻地说了一句：

"刘师傅，您能不能穿上袜子和鞋呀？"

刘某正看到兴奋之处，一看是小金，尽管是已经下班了，尽管自己有点不高兴，还是很不好意思地起身回去穿袜子去了！

第二天，小金吃过晚饭往外走，刚一下楼又看到了刘某光着脚在大堂看电视，就走了过去，说的还是那句话：

"刘师傅，您能不能穿上袜子和鞋呀？"

刘某一看又是这个年轻后生，瞥了一眼，心中老大的不高兴，但看到小金坚定的目光就站起身了，回去穿袜子去了！小金从刘某关门时的"咣当"一声读出了刘某的愤恨，摇摇头，无奈地离开了。

过了两天，又是一个晚上，小金正准备下楼，结果又看到了刘某光着脚自由自在地看着电视，火一下子就蹿了起来，但很快就冷静下来，用很重的语气说：

"刘师傅，请您将袜子和鞋穿上好不好？"

哪知，刘某也来气了，硬是不搭话，也不起身。

小金语气也硬了起来：

"刘先生（注意：不用刘师傅的称呼了），要不我帮你把袜子拿来好不好？！"

哪知，这位刘某竟回了一句：

"不好！"

小金一听就急了，很大声地说：

"请你按照规定立即将鞋袜换好！"

刘某一看小金真急了，也知道理亏，可是心里又憋着火，起身离开了，出门的时候，那门又被他重重地甩了一下！

其后的几天，刘某没有再来看电视。

如果我们把故事讲到这里，最多就是一个坚持原则的平常故事而已！让人产生兴趣的是，这个事件发生后，小金并没有仅仅是为了坚持原则而高兴，反而开始思考：这个刘某是外地人，一个人在这里工作，仓库保管的工作繁重而且一个人要连续工作很长时间，挺枯燥的，办公大楼里的电视是公共使用的，他来这里看电视也是打发时间、熬过寂寞的无奈办法。不让他用不雅观的方式看电视的原则是对的，但是他不看电视，一个人在仓库里如何熬呢，仓库里也没有电视可看。一方面能不能帮他在仓库里安装个小电视，他不就可以穿着随意，也可以看到电视了吗？同时，能不能请示领导将仓库保管员的连续工时调整得短一些，多几个轮班嘛！想到这里，他先去商店考察了一番，看看一个小电视多少钱，免得花费很大增加公司的负担；同时思考了下轮班次数增加、轮时减少的可能性。经过了几番调查和认真的思考，小金给自己的直接领导写了封申请改变仓库保管人员工作时间和安装仓库电视的报告，获得了领导的支持，也赢得了刘某等人的信任。

小金不仅仅是坚持制度、坚守原则，更进一步的是把如何将问题解决掉作为自己的一项责任！这不能不说是公司文化的基因在发挥着作用！

责任是个人价值实现的前提

一个有抱负的人总是希望展示自己的才华，实现自我价值，而且还有马斯洛的"自我实现"理论作为理论支撑！可是，并不是所有具有才华的人都能够真正实现自我的价值，因为他们不知道实现自我价值需要前提，不知道把才华发挥出来也需要前提。这个前提就是责任！

有些人不断地抱怨环境没有给他提供良好的支持、别人是如何不公正地对待他，而不是反思自己是不是缺少什么！实际上，缺乏责任的才华是一架失控了的战车，它强有力但是可能会伤害接近的人和事！强烈的责任感使得政治家、科学家们将令人恐怖的核能用于和平发电造福人类，从而让自己名垂青史！强烈的责任感使得企业家将公司的巨额财产捐献给了慈善事业和相关社会公益事业，从而让自己成为社会标杆！强烈的责任感使得不少中国企业家不计报酬掌控那些已经危在旦夕的国有企业，如当年的海尔、困境中的伊利，从而也使自己成就了个人的抱负!

当潘刚在危机之中掌控伊利奶业轮舵并通过两年的时间将伊利重新打造成一个富有竞争力的企业时,记者问道:

"短短两年中让伊利从崩溃的边缘走出来,品牌价值得到了很大提升,伊利品牌建设的最大秘密是什么?"

潘刚轻轻而坚定地说了两个字:

"责任"

无独有偶,在20世纪90年代初的美国,也发生了有趣的一幕:

当时,IBM面临前所未有的困境,机构臃肿、人浮于事、产品滞销,亏损严重,董事会决定外聘高手解决难题,经过猎头公司的推荐,董事会相中了咨询顾问出身、曾经在两家大型公司担任过CEO、现已赋闲在家的郭士纳。猎头公司的高级官员、IBM董事分别找到郭士纳,希望他能够出任IBM的CEO,郭士纳在此之前没有管理过任何与计算机同类或相近的企业,而且通过与朋友交流,了解到IBM目前的处境非常艰难,一位朋友劝他"IBM已经是一头即将倒下去的大象,你千万别毁自己的一世英名"。郭士纳思考再三,觉得自己也没有管理过计算机类的公司，于是拒绝了这份邀请！后来，IBM创始人之一的小沃尔森也与郭士纳进行了面对面的交流，表露了邀请他出山的愿望，郭士纳还是觉得把握不大而婉言谢绝了！

郭士纳自以为这件事就过去了。一天，他被邀请参加总统克林顿的私人宴会，在宴会进行中，克林顿来到郭士纳的身边，问起了IBM的问题，当郭士纳表示已经拒绝的时候，克林顿说了一句意味深长的话：

"IBM是美国的IBM，代表着美国！希望您能够重新考虑！IBM需要你！"

郭士纳被这句话激起了内心深处的雄心，将个人的可能得失放在了脑后，一种振兴美国科技巨头的责任感让他接过了IBM董事会送来的聘书！

勇于负责任，才有负更大责任的机会，才会有实现自我价值的机会！

尊敬的读者朋友，您肯定看过《阿甘正传》这部电影吧！

里面有个镜头，不知道大家是否还依然记得：

当阿甘所在的连队在搜查中发现了一个山洞，里面极有可能潜藏着敌人，当连长问谁敢于到冲在前面到洞中搜查的时候，所有的人都犹豫了，都知道里面风险巨大，只有阿甘在大家都静悄悄不敢应答的时候接受了连长的命令，率先冲进洞中，消灭敌人而立了大功，并得到上级的嘉奖。那些聪明的战友们总是很"聪明"地避开危险而早早的平淡退役了，阿甘则总是"笨笨"地执行那些别人不愿执行的任务，结果是军衔不断的上升！

很多人，包括他的直接上司，都不太服气这个"幸运"的笨家伙：这种人怎么会成为将军呢！他们都忘记了一个简单的事实：只有敢于承担责任，而不是比他人聪明，才是晋升的依据！

那些在关键时刻敢于承担责任的人似乎总是看起来傻傻的！为什么？因为关键时刻往往是最危险的时候，而且往往是付出最大的时候！一个"聪明人"往往在这个时候找不着身影，因为经济学家一再告诉我们一个被认为是颠扑不破的道理：人们都是趋利避害的！后来经济学家发现这种说法不全面，就修正为：理性的人们都是趋利避害的！也就是说，那些不理性的"傻瓜"可能会做出"傻事"来！

可是，在现实中，一个人往往会超出人们的理性预期。只有敢于付出理性之外能量的人，在应该付出能量的时候，在应该承担责任的时候，才能获得成就自我的可能性！否则，他最多是个经济学家所说的"理性"的正常人而已！

请记住美国著名管理学家玛丽·弗洛特的一句话：

"责任是人类能力的伟大开发者。"

责任是造就基业长青的源动力

做企业的人谁不希望自己的企业能够基业长青，就是一个开小饭馆的都希望自己这个饭馆活得更加长久！可是，残酷的统计数据告诉人们，只有4%左右的企业能够活过10年！企业究竟靠什么活得更长久？不少的老板可能会说，靠资源呗！谁拥有资源谁就活得更长。但是当年，难道德隆拥有的资源不多吗？从矿产资源到上市公司的融资资源，一应尽有，却在40天左右的时间内就灰飞烟灭了！还有不少人说，当然是资金啦！谁手中拥有的钱多，当然就活得长了。确实，没有了钱、没有了货币资本、没有了现金流，企业就消失了，但是钱多的就一定活得长吗？当年的巴林银行应该是钱不少吧？百年的老字号，还有英格兰银行等老牌银行的支持，却瞬间走入清算破产程序！

这就应了中国古人的一句老话：创业就像针挑土，

败业就像水推沙！

所以，张瑞敏有了"总是战战兢兢、如履薄冰"的感叹，柳传志有了"三个月破产"的警告！

人们不禁会问：究竟有没有能够让企业基业长青的秘诀？请看一则真实的消息：

武汉市鄱阳街有一座普通的 6 层楼房，最近收到了来自英国的一份函件，提醒此楼业主，该楼 80 年的设计年限已超过，敬请注意。

原来这座楼房始建于 1917 年，设计者是英国的一家建筑设计事务所。

经历了 80 多年，远隔万里的设计单位居然仍对自己的"产品"这样负责！这座楼当时的设计者怕早已不在人世了，建筑工人、工程师大概也都走了。然而人不在了，责任却没有丢，这个设计所的多少批职员，一批批肩负起责任，又一代代传给后来的人。远在异国的这样一座小楼，始终有人对它负责，能做到这一点真是令人赞叹。

这样的一种责任感，是保证产品质量、事务所信誉的最好保障，只有对自己的产品负责，用户心里才踏实，用得放心、用得满意。事务所信誉高，才使得事务所 80 多年不倒闭，一直经营到今日。

读过詹姆斯·柯林斯《基业长青》一书的人不会忘记他在书中提到的"长青"秘方：企业家和经理人应该是造钟人而不是报时者（让人们建造坚定的基础而不是仅仅实现眼前的目标）、注重利润之上的追求（利润仅仅是手段而不是目的，务实的理想主义是目标的原则）、保存核心、刺激进步、胆大包天的目标、教派般的文化、择强汰弱的进化、自家成长的经理人、永远不够好、起点的终点（强调永无止境）。如果真地仔细分析了这些"长青"原则后，你就会发现，这些原则的背后其实有一个根本的动力，那就是责任！是企业家和经理人不仅仅看重眼前更要着重长远的责任感！是企业家和经理人不仅仅追求物质的目标更要创造精神财富的责任感！

历史的事实证明，企业发展过程中总会遇到各种各样的危机和重大问题。一个能够长寿的企业并不总是一帆风顺的。企业不怕遇到危机，最怕遇到的是缺乏责任感的管理者和员工！危机可以度过，缺乏责任感的管理者和队伍确是制造危机、扩大危机并终将危机转化为企业崩溃的源头！

工作就是责任

　　一位法国商人购买了一辆劳斯莱斯汽车，兴奋之余，亲自开车带着自己的家人到西班牙去度假，刚刚走到法国南部一个偏远小镇的时候，车突然抛锚了，当地的汽车维修站一检查，是有个零部件出了毛病，只能厂家更换，他们无能为力。法国商人当时就火冒三丈：都说拥有劳斯莱斯是一种豪华的享受，这算个什么东西?! 他立即拨通了劳斯莱斯法国总部的电话，连声指责他们的车如何如何的拙劣，总部接听电话的女士在耐心听了法国商人的抱怨之后，平静地问了问几个问题，然后又客气地问了问当地维修人员关于车的问题，最后对这位法国商人说："先生，首先为耽误您的行程以及为您及您的全家带来的问题表示道歉，我向您保证，我们的维修人员将在两个小时之内到达您所在的地点，给您送去零部件!"法国商人一听就又气又乐："你们来点实际的，两小时？我自己开车就开了三个多小时!"接线的女士没有笑，重复了一句：

　　"先生，我再次向您保证，我们的维修人员将在两小时内到达您所在的地方!"

　　法国商人已经觉得有些滑稽了，半开玩笑半气恼地说：

　　"好，我等着，如果维修人员不能在您说的时间到，我将起诉你们!"

　　说完,他把电话挂掉了,开始给自己的律师打电话。

　　时间过去了一个多小时,法国商人看着远处的高速公路,嘴里叨叨着,暗暗地咒骂着刚才的接线服务人员。突然,他听到了"轰隆隆"的飞机声,一架直升机出现在了上空,而且正在缓缓降落! 正在大家不知发生了什么事情的时候,他看到了飞机上的"劳斯莱斯"标志! 果然,是劳斯莱斯公司的维修人员开着直升机到了!

　　这位法国商人不仅不再抱怨和咒骂,而且以后经常就给人讲这段让他记忆犹新的往事,劳斯莱斯的这段坏事反而变成了好事的口碑! 如果不是强烈的责任意识,谁会傻到开飞机去执行维修任务呢? 话说回来了,如果不是这种超乎寻常的责任感,劳斯莱斯的品牌又会是个什么样子呢? 汽车再好也只是汽车而已,只有强烈的对于客户的责任感才是让客户感动的根源,也才是让企业长存的原动力!

　　如果读过日裔美籍学者威廉・大内的《Z 理论》,大家就不难发现,大内先生提出的 Z 型公司文化的一个鲜明特征就是员工表现出来的那种强烈的责任感。他在书中写道:

"在Z型公司，利润本身并不是项目的终点，也不是在竞争过程中'记分'的方法，相反，如果企业能继续给客户带来真正的价值、帮助雇员成长和帮助他们作为企业的一员表现出责任心，那么，利润就是对企业的奖励。……Z型公司的一个突出特点是，这些价值观不是虚伪的东西，不是装饰品，而被奉为决策时参考的标准。"

如此说来，是不是说Z型公司不关注利润了，就大内的观察，IBM、惠普、宝洁等Z型美国大公司"是发展最快的、最赚钱的公司"。从今天的角度看，它们仍然是美国公司中比较长寿且盈利能力比较强的公司。看来，只有真正对客户负责任、对社会负责任、对员工负责任，才能让企业发展得更长久！

在一次会议上，陕西鼓风机厂的负责人老刘讲了一段让他感慨万千的往事：数年前，一家工厂从陕鼓购买了一台数百万元的鼓风机，当这家工厂负责这台机器的工程师退休时，给陕西鼓风机厂写了一封信：

"我终于解脱了！你们厂生产的那台鼓风机太不争气，今天一个毛病，明天一个毛病，尽管没有什么大毛病，但是没有办法正常使用呀，我是今天修明天调，还老得担心!"

老刘得知这个情况,表情就凝重起来,随即召开了一个会议。在会议上,大家经讨论决定将那台整天出毛病的鼓风机"召回",给客户制造一台新的、质量更好的机器。机器拉回来了,老刘又说了话:"机器是拉回来了,但这不是企业其他人的错,是我们自己不负责任造成的,我首先检讨,并将我的奖金和工资退出来,作为新机器生产的一点成本!"

说完,他回家取了钱交给了财务室!谁知,过了两天,财务室收到了这台机器生产过程中几乎全部生产工人自动退回的奖金,就连当年参与这台机器设计、制造的已经退休的老员工以及其他与这个机器没有任何直接关系的车间和科室人员也都纷纷退钱,大家都觉得自己有责任。很快就收到了两百多万的制造费用!老刘流下了眼泪:多么好的员工啊!

陕鼓生产了一台新的鼓风机交给了客户。当客户知道了这一幕后,感动地送来了锦旗,本来内心中的不满变成了感动,而陕鼓的员工们也通过这件事切身领略了不负责任的结果,懂得了责任感在现实中是多么的生动、是多么的重要。

谁都知道,陕鼓是一个传统的国有企业,凭什么它能在市场竞争激烈的环境中杀出血路，确立了自己的地位并能够获得发展？恐怕只能用一个词来解答：责任感！

责任是使组织保持正确
战略选择的罗盘

如果你是一位业余的围棋爱好者，让你与一位职业高手对弈，您认为胜算如何？排除了那位高手突然"大脑进水"的可能性，您的胜算几乎为零。为什么？他受过专业的训练！这种专业训练的特征是什么？他可以看透数十步！他脑中存储了数不胜数的棋谱！就企业而言，战略就是企业发展中的系统思维，犹如围棋高手脑海中的"棋谱"！

但是，战略思维也并不能确保企业家和管理者在关键的时候把握正确的方向，也就是正确的战略取向，实现战略目标的过程中，一个企业会遇到各种各样的诱惑，犹如奥德修斯面对的"海妖歌声"！一个企业还会遇到种种意想不到的困难和挫折！犹如战场上的指挥官面对突然变化了的环境！

工作就是责任

　　这个时候，几乎没有人会告诉你如何进行正确的选择，即使有人告诉你如何选择，你可能也难作出正确的选择！这个时候，恐怕再丰富的战略知识、再熟练的战略技巧、再精确的管理方法也帮不上你的忙！

　　美国著名军事家布莱德雷说过，根据星光而不是过往船只发出的灯光来确定自己未来的方向。这点星光是什么？就是管理者的责任感！这个责任感才是帮助困境中的人作出正确选择、保持正确战略选择的罗盘！

　　在某个常春藤盟校的研讨班上，时任通用电气CEO的杰克·韦尔奇向在场的MBA及其他高校听众们提出了一个假设的情境。他说，假设你代表某个美国公司到南美独裁国家谈一笔生意，这对公司意味着9000万美元收入。你的谈判对手向你保证没问题，马上可以签合同。但是，最后的一个细节是要在某瑞士银行账户给他存100万美元。

　　"你们当中有多少人会去存款？"韦尔奇问道。

　　大约三分之一的学生都举起了手，这情形让韦尔奇一时无语。

工作就是责任

过了一段尴尬的沉默时间，他说："你们没有学到应该知道的东西！"

在韦尔奇看来，关键时刻放弃或者根本不知道基本的原则是可怕的，它会让人们的选择失去基本的依据，进而丧失自己。

消防队员在大火烈焰中的选择、遇到困境的人们的选择一再考验着选择者的原则底线、考验着责任在人们选择过程中的地位。

央视报道了这样一个事件：在今年夏天南方的洪水灾害中，一位乡村教师在突如其来的山洪中，面对眼前惊恐的 23 个小学生，没有半丝犹豫，想尽各种办法，一个个的将他们救到安全地带，而自己亲哥哥的两个孩子因得不到及时的救助而被洪水吞没！在这种千钧一发的危急时刻，这位教师恐怕无法想到各类英雄人物，也无暇多想，心中的责任感是其选择的灯塔！

这样的故事很多，很值得人们思考：究竟是什么让他们作做出这种忘我的选择？

实际上，在企业的经营活动中，尽管没有上述如此紧迫的生命抉择，但是却不得不面对可能会给企业带来生死影响的选择，而这种选择往往是展示其真实价值观的最佳时机。

很多企业都宣称"我们只打价值战，绝不打价格战！"但是究竟有多少企业能够真正的遵守这种原则呢？我们的许多汽车厂家，今天你买车时，他对你说毅然决然地说近期肯定不降价，次日就大幅度降价，让你扼腕不已，你还会相信他们吗？你还会相信这个公司的承诺吗？当这些厂家的汽车销量下降的时候、当市场份额开始缩减的时候，还用什么其他的原因吗？不用了，听听中国的古语就够了：

种瓜得瓜，种豆得豆。

1999 年，国内的数十家油烟机厂家打起了价格战，市场上的吸油烟机价格平均降幅达 200 元左右，个别降幅到了原价的30%，一时间，油烟机成了"大白菜"，甚至开始搭着卖！一直以高品质、重价值的新兴油烟机企业方太厨具面临严峻的挑战，摆在少帅茅忠群目前的道路基本上是两条：

一是随着大家的节奏降价，直接参与价格战，结果是销量起来了，消费者的信任下降了，忠诚度就会丧失，会把方太看成与其他品牌同样的档次和产品，再也不会相信方太是个中高档的品牌。

二是坚持不降价，结果是销量非常可能在短期内受到影响，直接导致公司的利润额下降，但是会在消费者心目中树立其坚实的品牌形象，给人以负责任的印象，增强顾客的忠诚度。

"我们赶紧降价吧。否则，一台都卖不出去!"前线的经销商和促销员雪片似的电话打来。

经过深思熟虑的茅忠群认为，价格战尽管是一种比较有效的竞争手段，但对厂商来说，价格战很可能演化为一种饮鸩止渴的短期行为，因为它偏离了市场内在的价值规律，忽视了技术、创新要素，特别是忽视了消费者的根本利益，其结果无疑会损坏市场的健康，直接的结果就是产品品质的下降和服务水准的降低，从而直接损害消费者的利益，也给整个行业造成难以估量的创伤，如当年的彩电降价大战!

要想不打价格战，就必须有创造价值的良好途径，否则不仅是死路一条而且是对消费者利益的一种不尊重，如垄断企业的价格垄断做法!

茅忠群说："我们靠的是服务、质量和技术! 当质量和成本相矛盾时，质量优先!"

可见，这位年轻的茅总对品质有着异乎寻常的偏执，他说：

"有人说，质量只要适度就行。但方太是家特殊的企业，要成为第一品牌，就必须拥有第一的品质。还有人说，企业的惟一目的是追求利润，这也是针对一般企业的，在我看来，利润是实现使命的手段，利润好比健康，使命好比自我实现，人活着是为了追求自我价值的实现和幸福快乐，而不仅是健康，但是没有了健康，其他的一切追求都是空话。"

在茅忠群看来，作为一家具有责任感的企业，更应该坚持为行业的健康发展负责、为消费者的长远利益负责："尽管我们只是行业内的一家企业，但我们毕竟是中国厨房电器行业的第一员，我们必须承担自己肩上的责任，这份责任沉甸甸的，因为它关系着整个行业以至于市场的明天。"

市场显然给了茅忠群这份责任感回报，方太的品牌价值逐年上升，到 2007 年已经成为名副其实的业内"第一"品牌了。

实践证明，强烈的责任感才能够引起人们情感上的共鸣，不仅可以激发部属与员工的激情与斗志，更重要的是，还可以成为组织和个人遇到挫折时进行选择的方向舵。

责任是造就卓越团队的内推力

没有卓越的团队，便没有强大的组织力！

卓越的团队从哪里来？是天上掉下来的吗？肯定不是。只有共同的价值观才能形成卓越的团队！共同的眼前利益可能形成一时的团队，但不能形成长期的团队；严格的内部纪律可能形成一时战斗力强的团队，但不能形成持续战斗力强的团队。只有具备持续战斗力的团队才称得上是卓越的团队。而这样的卓越团队只能来自共同的价值观！

柯林斯在谈到基业长青的公司的根本是什么的时候，他说：

"我们的答案是：公司的核心理念。"

在他看来，"核心理念好比自然界的遗传密码。遗传密码在物种变化和演进时保持固定，着眼于长远的公司历经突变时，核心理念也保持不变。就是因为拥有这些不变的指导方针，着眼于长远的公司才会拥有一个目标、一种精神"，也才能拥有一个能够带领企业走出困境、走向辉煌的团队。

要想在团队内部营造一种气氛，增强大家的集体精神和协作意识，形成相互支持的局面，让大家产生团结感，仅仅靠规章制度和不断的开会强调是不够的，只有共同的价值观才能做得到，因此，惠普在干部提升的时候非常强调"德才兼备"，而这个"德"，在惠普的文化阐释中就是公司的核心价值观！也因此，联想才一直强调：中高层的管理者必须增强对公司价值观的理解，高层领导者必须百分之百地认同公司价值观！

问题在于，并不是所有的共同价值观都能够产生卓越的团队！什么样的价值观才能打造卓越的团队？如纳粹和邪教的邪恶价值观也会产生势头很盛的团队，但是他们带给社会和成员的是灾难！一心想快速发大财的几个人也可以暂时因共同的价值观形成高度统一的劫匪团队和贩毒集团！

实践证明，只有真正拥有责任感的价值观才能形成坚固而持续的团队，也就是我们所说的卓越团队。

惠普，是硅谷少有的标杆式企业，自从创业以来的持续发展业绩让人羡慕，而最令人羡慕的则是其稳定的团队，尽管几次外聘 CEO，也吸收了大量的"空降部队"，但是其核心团队基本上是自己多少年来培育形成的，这应该是惠普的真正核心能力，而这种核心能力不能不说是其具有强烈责任意识的核心价值观逐步形成的。

工作就是责任

惠普的创始人出于强烈的责任感，强调"绝不成为一个'雇用和解雇型'公司，"这在当时的美国可谓特立独行，在今天听起来都有些异样，他们为了践行这一价值观原则付出了巨大的代价，他们不得不拒绝了许多可以挣大钱的政府项目，因为这些项目常常意味着雇用大量雇员，用上一两年，然后在项目做完后就让他们下岗回家。用创始人休利特的话说：

"这不符合我们公司的原则！"

惠普在自己的文件中解释说：

"我们的政策是避免生产计划出现大起大落的情况，从而体现出保障就业的目标，如果生产计划大起大落，我们就需要在短期内增加雇员，然后让他们下岗。我们注意让每一名雇员满负荷工作，使他们渴望为公司工作并同公司共同发展。这不意味着我们承诺提供绝对的终身工作，也不意味着我们认同资历，除非我们可以合理地比较其他因素。"

对于惠普的这种特殊责任，休利特是这样认为的：

"任何一批在一起工作了若干时间的人、任何存在了很长时间的组织，甚至任何经历了一段时间的国家或国家实体都会逐步形成某种观念，一系列传统和一套习俗。这些东西在整体上是独一无二的，并且完全表现出组织的特点，使之能够从同类组织中脱颖而出，要么变得更好，要么变得更差。"

正是对于以责任感为主体的价值观的坚持，惠普成长为一个与众不同的公司，历经风雨而团队精神不散。人们再强调责任的时候，首先应该反思的是，您的组织是否真的为建立责任文化而努力！

宝胜集团尽管是国内电线电缆行业的领军企业，但没有什么社会知名度，炒股的人士则可能对于"宝胜股份"的"牛"气多少有些印象，一度被证券类媒体追捧为"十大牛股"。一个不大为人所知的事实是，宝胜股份的大股东宝胜集团实际上是来自江苏小县城的国有企业，而且是行业内部惟一的一家国有企业。一个国有企业如何在这种竞争激烈的行业中屹立不倒而且成为翘楚呢？请大家看一份来自病房的宝胜员工来信：

尊敬的领导、同事们：

你们好！首先感谢领导和大家对我的关心，今天是我入院的第18天，经过这些天的治疗，我的头已渐渐从剧烈的疼痛中解脱出来，但医生说还要一个星期左右才能恢复。我算了算，6月底还可以赶上上班的。让我着急的是因为我的尾椎脱位，医生要求平卧2~3个月。这时

工作就是责任

间太长了……

想着财务处的同事们一个个忙忙碌碌的样子，我心里就更不踏实，为了不给大家增添麻烦，我想出了一个两全齐美的办法：

1. 月底抽出几天时间，无论如何要将集团凭证审核完，这样可以把当月出错的凭证在当月调整，以免带来不必要的后遗症。

2. 每月1号准时报快报。

3. 每月5号前和处长一起做全集团的正式报表（打印可以请他人帮忙）。

至于"台账"、"其他应收款"、"其他应付款"的登记以及往来账的清理，等我完全康复的时候我会认真填补完成的，请领导放心。

需要向领导请示的是：在月底、月初上班的近十天时间里，我可能要根据自己的身体状况，调整上班的时间和工作地点。如果我能爬五楼，我就选择对面的会议室办公，那里比较安静；如果身体不适，可能就选择一楼，在某个僻静的角落办公；每月其余的时间我就按照医嘱在家平卧静养。等2～3个月后我完全康复了，一定会遵守公司的正常时间上下班。希望领导能够谅解。

祝财务处全体人员工作顺心、身体健康。真羡慕大家有个好身体，好想回到你们中间一起享受工作。

致

礼

科员：×××

这名员工是在上班途中被汽车撞倒后送到了医院，医院问起她家人的电话号码，她脱口而出的竟是办公室的号码。当她刚刚从昏迷状态醒来，仅能够从病床坐起时，她第一个想到的还是在财务处未完成的工作。她瞒着医生偷偷从邻床借来笔和纸，就写了这样一封信。

这封信反映了一个普通中层干部的责任意识，也让我们看到一家企业为什么能够搞得这样有声有色。实际上，当我们的专家团队进行深入调研的时候，宝胜集团管理团队的敬业和勇气给我留下了极为深刻的印象，而这种勇气和敬业毫无疑问来自于宝胜成长中形成的责任文化。

翻开宝胜的文化手册，上面赫然写着：

我们信奉：责任心是一切行为的根本，是一切创造力的源泉。我们尊崇以人为本，而员工应以责任为本。

工作就是责任

责任心是宝胜核心价值观的核心，而这种责任心来自于宝胜的使命和愿景。

对于员工，公司强调负责任的主人翁心态；对于市场，公司强调的是至上的客户意识；对于行业，强调的负责任的领导者形象；对于国家和社会，强调负责任的卓越组织行为。

宝胜人的一切日常生产和经营活动，都是在为客户负责，为股东负责、为员工负责、为社区负责、为社会负责。它是其他四项核心价值观生成的理念源头，是宝胜精神的发源地。

宝胜董事长夏礼成坦率地说："有了责任心，才能有激情，有忠诚，有奉献，才有成就一切事业的可能。高度的责任心永远是宝胜最宝贵的财富，它是评价一个人是否成为合格宝胜人的首要标准。"

事实上，当深入观察那些优秀团队的时候，我们都不难发现，责任对于他们都是多么的重要，因为拥有了强烈的责任感，组织才拥有了卓越的团队；团队成员因为拥有了强烈的责任感，才能够变成卓越的团队，才能够创造奇迹！

第二章

责任感的 5 项
本质特征

责任心，就是"责任信"

责任力，就是"责任里"

责任感，就是"责任敢"

坚持原则，慎终如始

换位思考，担当责任

责任，既是一个意识问题，又是一个实践问题。责任，既简单，又复杂。

所谓责任，简言之，就是接受自己行为的正面和负面的后果。

何为责任感？

我们这样理解它——据说美国前总统杜鲁门的桌子上摆着一个牌子，上面写着：责任到此，不能再推。如果你在工作中，对待每一件事都是"责任到此，不能再推"，敢于面对，敢于承担，那么你最终将赢得尊敬，收获成功。这就是责任感。

纵观芸芸众生，在各自的人生经历中，成功者自有成功者的道理，而失败者各有自己的缘由。但是，在人生职场中，我们不难发现一个规律，个人的失败往往不是被对手打败的，而是被自己打败的！因此，人生最大的敌人是自己！而在成长的道路上，自己最大的挑战和价值在于你能否承担责任和是否拥有责任感！

因为负责，你将更加成熟。当一个人能够对自己负责时，就具备了独立的人格和行为能力；当一个人能够对他人负责时，他就具备了价值。在家庭中，当我们意识到自己的责任时，我们就可称得上是一个"大人"了；在职场里，当我们意识到自己的责任时，我们基本上就是一个合格的"员工"了。责任是成熟的表现，责任让我们做事更稳重，让我们决策更谨慎，责任感让我们变得无私无畏，责任感让我们获得了不断进取的动力。

事实上，责任感不仅仅是对于工作如此重要，对于我们每一个人同样是如此的重要。我们每一个人，都在不同时间、不同地点，扮演着不同的角色——每一个角色都意味着不同的责任。"角色责任意识"是我们每一个都应该坚守的价值观。我们应该对"责任"心生敬畏！因为它是我们做人、做事的基本底线。对于一个职场中人，作为自己人生的重要一课，责任感是一堂基础课，在操作层面上，它有以下内涵：

责任心，就是"责任信"

所谓"责任信"就是信守承诺，它是责任感的内涵之一。

在我们经历的企业客户中，有着无数成功的员工和企业，他们都有一个共同的属性：

信守承诺，注重品德。

宝胜集团是一家电缆企业，是一家成功的上市公司。它成功的秘诀就是诚信并富有责任感。诚信是宝胜人最珍贵的品质之一，他们始终相信"产品源于人品"的格言，他们认为，没有良好的品德就没有好的产品。仔细想来，这是多么简朴的道理，可就是有人却无法遵守这简单的要求。近年来出现的一些社会现象有时会让人对"信"字打个问号：

当年的黑心月饼风波刚刚过去，后来又出现了月饼馅回炉变成了其他的什么……

肯德基的苏丹红事件刚刚平息，全国从北到南的"红心鸭蛋"出现，似乎有向鸡蛋、鹅蛋延伸的趋势……

以前的假币只限于纸币，现在到了南方某城市的时候，在出租车上司机拒收硬币，他怀疑是假的，因为重量轻了许多……一打听，朋友说：确实曾有其事！

2006 年的春节前夕，我参加一个商业伦理的高层研讨会。新加坡的一位企业家在会上大发感慨：中国是礼仪之邦，是一个讲究道德伦理的国度，在欧洲还处在野蛮征伐时代、美洲还是蛮荒之地的时候，中国已经在讲"伦理道德了"，怎么现在"品德""伦理"反而成了我们要论证、要弘扬、要呼吁的事情了呢?!

我为之汗颜！为之震撼！

宝胜则让我有了很大程度的安慰！说心里话，在刚刚接触宝胜的时候，宝胜一位员工邀请我一定要去宝胜看看的时候，他很真诚地说："周博士，你一定要去宝胜看看，宝胜是一个非常好的公司。"我当时还有点不太相信，即使接触了一段时间之后，我还处在观察阶段，但是，随着在近一年的交往中，我觉得那位宝胜人说的话是真实的、宝胜也确实是一个非常注重"品德"的公司。

夏礼成董事长强调"产品缺陷可以弥补，人品缺陷无法修复"，将"人品"置于所有"品"的核心与源头的位置，严格遵循"德能兼备、以德为先"的用人标准。把人品视为选聘员工和提拔干部的首要因素。

在他看来，人品好不是仅仅是个老实人、不犯法、不犯错误、不去欺骗别人的简单理解，而是要有一个好的品格、讲究情义、诚实守信。

谈到诚信的时候，我觉得人们有个误区。有些人也很讲"诚信"。这个诚信是什么诚信？个人诚信。比如，为了朋友意气拔刀相助，为了私人诚信关系，损公肥私。所以，我们更要提倡公信，也就是对于职业道德的坚持，也就是对于协约和其他契约的严格遵守，对于客户的责任要坚决承担。

正是有了这样的认识，才出现了这样的故事：

一次，宝胜参加一个大型企业电缆产品的投标，用的是真材实料，表面看着有些发乌，不太好看，而另外一家电缆企业用的是偷工减料的材料，但样品非常光洁。客户觉得宝胜的样品不好，任凭宝胜营销人员如何解释也没有用，选中了那家企业的货。结果，没有多长时间，这家企业主动找到了宝胜，提出不用投标直接选用宝胜的产品。宝胜的人员很惊异地问其原因。他们说：那家企业的产品是"驴粪球外面光"，一用才知是假货，也才知道宝胜的产品是真材实料。

俗话说：真金不怕火炼。好的产品就是好的产品。没有好的产品，即使个人的品德看起来再无可挑剔也很难是一个"好人"、一个"好企业"。不管你做了多少宣传广告，不管你多么能忽悠，最终会搬起石头砸了自己的脚。

方太的茅忠群强调，人品的核心在于诚信。在企业中，有品质的员工很大程度上取决于企业的内在规则。如果一个企业缺乏育人的内在规则。即使一个心地非常善良的人也可能会产生有缺陷的产品，因此，企业的内在规则不仅仅用于规范员工的行为，更需要造就有品质的人。否则，我们很难相信，产品的品质会有一个持续的保障。

　　我们也看到，仍然有许多人规则意识的淡漠，对于规则任意违反。在方太调研的过程中，我们听到了这样一起事件。

案例：IP 地址事件

　　技术中心是方太的机要重地，有很多的技术核心资料，为了保密，不允许员工上网。同时公司体谅到员工的需要，允许到公司公用的办公室上网。然而，2004 年 5 月，发现技术中心有两名员工为了上网更加方便，盗用××事业部 IP 地址，私自将自己电脑的 IP 地址更改了。这起行为不仅导致了系统的瘫痪，而且导致了××事业部电脑网络的中断。按照《方太员工手册》(试行版)的规定，应该将这两位员工开除。

　　这两位员工是刚刚毕业不久的大学生，是作为阳光计划成员进入方太的，方太公司也想重点培养这两位员工。在方太做出相关处理意见(要将两位员工开除)还没有执行时，没有想到的是这引起了整个公司上下的震动，有人来说情，还有不少人在网上的论坛发帖子发表意见。有的说应该开除，毕竟这是写在员工手册中的；还有的说不应该，毕竟是培养的大学生，而且员工手册是试行版，那么是不是该有特例呢？

最后，方太做出决定，开除这两位员工。尽管公司内部有太多的声音，但茅忠群说："制定规则就是要让每一位员工来遵守的，即使是试行，但在试行期间内，就具有一定的效力、发挥相关的作用，而我们员工也应该遵守，如果有谁违反，那么只能按照规定办事。所谓试行，是指仍然有不完善的地方，但并不是说就可不遵守，如果是这样的话，那么员工手册还有什么用呢？一个连员工手册都不能遵守的员工，我们相信他能够遵守对客户的承诺吗？"

从这起事件的处理和随之引起的讨论中，我们看到，强化内在规则意识是企业管理的基础，而这恰恰是国人的"软肋"，我们习惯于对企业中的任何制度和规则问"合理不合理"，而这个"合理不合理"又是每个人都不一样。中国许多企业的执行力不强与这种思维方式有关。内在的规则意识才能培育人的内在品质。这也是古人要求我们"自省"的原因。实际上，作为企业人也是如此，员工的内在品质是生产高品质产品的最基本动力。

无论是面对顾客，还是面对公司，承诺就是一种责任，就是一种必须完成的责任！

责任力，就是"责任里"

所谓"责任力"就是在责任中的行动践诺，就是主动行动。

杰克·韦尔奇曾经说：在工作中，每个人都应该发挥自己最大的潜能，努力地工作而不是浪费时间寻找借口。要知道，公司安排你这个职位，是为了解决问题，而不是要关于困难的长篇累牍的分析。

对于职场中人来说，"责任"并不只是一个道德的概念，而是必须强制性承担和完成的任务。就如俗语所说：责任不是用嘴承担的，责任是用行动承担的。责任最终是要以正当和正确的行为来实现。因此，责任能力，其实就是从开始到结束的、一连串的"行动"；而在行动中，"责任能力"得以体现和实现。

孔子说："君子讷于言而敏于行。"职场人要求注重默默无闻的行动，用行动说话。

一个刚参加工作的年轻姑娘，在试用期里每天都自觉地认真打扫公司的车间走道，日复一日，其枯燥与单调可想而知。当有人问她：是什么动力能支持着她可以这样天天坚持？姑娘淡淡地回答："既然大家都认为这么做很好，那就好好地把它做好。"就这么一件简单的卫生清扫工作，从她的态度里，反映了一个新人对工作高度的责任感。而当这种责任感变成一种习惯、一种常态，这样的新人就更让人敬重了。

因此，在实际工作中，具有责任感就是处于"责任中"，承担起责任。学会承担责任，是人生旅途中非常重要的一堂课。作为职场人，学会承担，最基本的是要熟悉自己的岗位职责。对自己的工作职责内的任何事情，都要主动地去做，千万不要等待。事事都由上司来安排的木偶，不是具有责任感的人，最终会被淘汰。有的人也许会说，我知道我的责任，也知道这些事情该我做，但我的能力有限，实在做不到。如果你认为自己连分内的事都做不到，就不应该再待在那个位置上了，因为你已经无法承担那个位置对应的责任了。

在鸿海，郭台铭有句名言：在鸿海，没有管理，只有责任！

郭台铭多次谈到，希望在集团快速成长的同时，各管理层能够一肩挑起责任，严格要求贯彻所有命令，让能力、权力和责任有良性的互动。他的口头禅是：权力给你，责任要负！他认为，管理者学会负责任的第一个办法，就是学会控制并严格要求属下；第二个办法，就是认真教导部属，因为主管有"教导的责任"，因此，他严格要求主管做好四件事：定策略、建组织、布人力、置系统。

他不太重视精致的制度建设，非常重视管理者对纪律的遵守、强调目标的达成以及对事情的"配合度"。一位跳槽出来的鸿海管理者在谈到纪律时，说："中午休息时间一到，所有灯光都突然熄灭，静悄悄的，所有人都开始休息"，步调一致的感觉似乎只有在军队才有。谈到配合度，如果他要讨论一件事，相关人员必须随叫随到，一件事情如果找人找不到，就会一直 CALL 到人出现为止。曾经在鸿海工作过的人都叫他"索命连环 CALL"。许多鸿海管理者都曾经有过回家后在深夜 12 点又被叫回公司的经历，因为那时老板在欧洲（那里恰好是白天）。用他自己的话说，"走出实验室，就没有高科技，只有执行的纪律，没有纪律，就没有明天！"

对于各管理者手中的权力，郭台铭在鸿海内部刊物《鸿桥》杂志中写道："我们撕开假性和谐的面纱"，他认为，权力失去监督，必定产生腐败，因此，他在不断强调强化管理者责任的同时，建立了强大的监督与稽查机构——廉政部门和技术发展委员会，设立了员工建言与投诉主管的意见箱，并要求有关部门必须进行及时反馈并保护投诉人。他强调，鸿海追求和谐，但不能忽略执行面上可能出现的不良扭曲状况，比如内部山头林立、内部老好人现象。

崇尚行动，注重结果，是责任感的重要内涵。不能行动、不能产生绩效的管理者和员工就不是真正的管理者。就不是合格的员工。

管理者和员工都要像猎豹一样的盯紧绩效，而不仅仅以完成自己的岗位职责为最高目标。从这个角度讲，创造绩效高于岗位职责。仅仅强调岗位职责容易形成各扫门前雪、互不来往与支持的"职责病"。

华为的任正非坚定地用通俗的语言对他的中层说：

"不打粮食的干部要下台！"

他要求所有中层干部都要签订个人绩效承诺书。公司每年初根据上半年实际完成的各项指标制定新一年的工作指标，个人根据公司指标的分解情况，对完成自己负责的部门计划指标立"军令状"，承诺内容根据目标的高低，分为持平、达标、挑战3个等级，一个财政年度结束后，公司会根据该名干部目标的实际完成情况进行评估。这个责任评估将直接影响该干部的任用。任正非提出：

"我们要清退那些责任结果不好的、业务素质也不高的干部；我们也不能选拔那些业务素质非常好的，但责任结果不好的人担任管理干部。"

这种做法不仅让华为的中层干部有了明显的危机感，而且也让中国企业了解了完成绩效是中层干部最重要的角色要求之一。没有绩效，没有良好绩效，再具有品质和能力的干部都必须让位！

任正非一再强调：执行流程的人，是对事情负责，这就是对事负责制。他说："到底是对人负责制，还是对事负责制，这是管理的两个原则。我们公司确立的是对事负责制。"

这句话主要是针对许多员工不是对承担的事情负责任，总是事事请示领导，明明有章可循、自己可以解决，仍然希望到领导那里过一下，而且不少人不仅自己做不好、不愿做，还说三道四。一旦出现了问题，不是说我已经向领导汇报过了，就是站在旁边说风凉话。他提出："做事情一定要坚持对事不对人的原则。谁说得对，就听谁的。因为个人之间的矛盾影响公司工作的，两个人都要降职降薪，公司不会花时间研究谁对谁错问题。不允许私下议论公司的是是非非，所有的意见都要当面提出来。坚决杜绝背后传闲话、碎嘴的习惯。我们的团队中不能容忍长舌妇的存在。"

以事为本就是强调员工对所做事情的责任感和主动性，强调的是员工对所承担任务的结果更关注，指责别人、评论别人往往会给人一种轻松感，却丝毫不利于问题的解决和提升你的执行能力，更不利于执行目标的实现。

责任，是主动自发，而不是主管的训斥和监督。这种主动自发的直接体现就是尽量多做一点点，而不是"当一天和尚撞一天钟"，也不是像不倒翁那样，"打一下我就动一下"，而是积极主动将执行事务做得彻底完美！

在一些人看来，只要准时上班，按点下班，不迟到，不早退，他们就认为尽职了，就可以心安理得地领工资了，一说到加班就满面乌云。这样的员工是没有前途的，也很难胜任执行者的角色。工作不仅仅是一个干什么事和得到多少报酬的问题，而且是一个如何对待自己生命的问题。人的生命是有限的，吃饱混天黑不仅是对公司的不忠诚，更重要的是那是浪费自己的生命和青春。因此，工作本身就意味着自动自发！

责任感，就是"责任敢"

所谓"责任感"还要敢于承担压力，就是能够做个能承担压力的人，做个能承受风险的人。也正是在这种承担中，我们多了一份经验，人生的机会也随之诞生。

承担起责任的人，不一定马上得到回报，但总会得到应有的回报。如果有人愿意把责任交给你，你应该感到骄傲，因为你有能力承担责任，很多人却没有；如果你承担了责任，别人从你的工作中获得幸福快乐，你应该感到自豪，因为你有自己的价值。

"责任敢"就是要换个角度看责任，承担责任，就是把握机会。当你觉得自己缺少机会或职业道路不顺畅时，不要抱怨他人，而应该问问自己是否承担了责任！就像滥竽充数的南郭先生这样的好事情绝对不会长久，不愿意承担责任的人，早晚要被扫地出门，即使侥幸没有被赶走，也会因为长期不承担责任，长期得不到锻炼而能力退化，进而被淘汰。

做罗文式的员工，我们一旦明确和接受了组织的任务后，只有像《把信送给加西亚》中的罗文中尉一样——以超常的勇气，敢于排除和克服一切困难，才能成就自身的卓越！

用茅忠群的话说，承担责任就是敢立"军令状"。我们常说，责任重于泰山，领导就是责任。每个部门主管要敢于立"军令状"，要敢于说"做不到我负责"。

茅忠群要求："每一级主管，都要牢固树立'到此为止'意识、守土有责观念，把好各自关口，将矛盾和问题解决在萌芽状态，解决在自己手上，决不推诿，不到万不得已，决不把问题上交，决不让上司过分操心。一级对一级负责，一级让一级放心。"

联想人总爱把自己的团队称为"斯巴达克方阵"，或许斯巴达克方阵的纪律严明、讲求责任、勇往直前的特点是联想最高层领导者所欣赏的。一个聪明人做事容易，但一群聪明人绑在一起未必成事。能让一帮聪明而年轻的人劲往一处使就更难了。中关村演绎了无数个聪明人结伙打天下而终究分崩离析的悲喜剧！即使联想内部也曾爆发了数次聪明人之间的恶斗，但最终，联想都走过了，而且走成了一家国际级的大型企业，而成为目前联想核心骨干的基本上都是60~70年代出生的生力军。我们在为这支队伍是否能够应对国际化挑战而担忧的同时，也不能不对他们的战绩表示敬佩！不管以后会如何，至少这20年中他们创造了中国商界的奇迹！而形成这样一个强大管理团队的核心就是——超强的责任感。杨元庆坦承，"实力强了，你的任务就重，你的压力与责任相应的也就更大"，他要求，所有管理者应该建立强大的集体责任感，只有这样，联想才能应对市场的巨大挑战，才能带领员工往前走。

我深切地感到，是积极面对问题并参与进去还是牢骚和抱怨，这不只是一个姿态的问题，同时也是一个职业观的问题，更是区分一个人有没有成就潜力的标志。不能总是归因于外因，如上司不赏识、不重视自己，公司或部门给自己的机会少等。外因是影响因素之一，但不是决定因素。过分归因于外因就忽视或淡化了自己应承担的责任。除了外在的条件和环境外，还有我自己！我可以做什么？即使我不能改变环境，我也必须做好自己应该做的本职工作。这是一个职业的工作者应有的处事准则，它表现在：即使我不是发自内心地认同自己的处境，即使我认为自己怀才不遇不得志，即使我明天就将离开，都不应该妨碍我在每时每刻谨守原则、肩负责任。就一件事做出众所期待的结果，绝大多数情况下不是能力问题，而是心态、责任问题。如果我们始终不渝地肩负起责任，如果我们有必胜的信念，如果我们不是过分地宽容自己，宽容一个平庸的结果，就可以成就一个不凡的我。

所有的行为都蕴涵着诸多风险与不确定性，因此也承担着巨大的压力，自然也需要更强的责任感，一般来说，职位越高，承担的责任越大，面临的压力越大，因为他的一言一行都直接影响着执行的过程。因此，才有了张瑞敏先生的"每天走钢丝"的感觉。

孔子在《礼记》中道："君子道人以言，而禁人以行。故言必虑其所终，行必稽其所弊，则民谨于言而慎于行。"

作为华人企业家代表的李嘉诚对此更是深有心得，他在汕头大学的一次讲演中谈道："想当好的领导者，首要任务是知道自我管理是一项重大责任，在流动与变化万千的世界中，发现自己是谁，了解自己要成为什么模样是建立尊严的基础。……我认为，自我管理是一种静态管理，是培养理性力量的基本功，是人把知识和经验转变为能力的催化剂。"

华立集团董事长汪力成先生能够把一个小小的集体企业带入一个数十亿资产、已经成功存在了30多年的大型跨国企业，不能不归功于他这种强大的责任感而产生的勇气。1989年的一天，他带领华立团队面对省市有关领导以及各类专家100多人进行一个大型项目论证，会议气氛热烈而紧张，偏偏此时有人递上一张字条："你爱人难产，生命垂危，请速去医院签字。"汪力成镇定地在纸条上写下，由母亲全权代表我。整整一个上午，汪力成充分、深刻、精辟的雄辩赢得了与会专家的热烈掌声。掌声刚刚落下，汪力成就跨上自行车飞速驶向医院。面对刚刚降生的儿子，汪力成的眼泪夺眶而出；面对妻子嗔怪的目光与委屈的泪水，汪力成故作轻松地说："我相信老天会保佑你们母子平安的！"

实际上，这并不是汪力成惟一的一次"大义"行为，在洪水来临时的工地，他第一个跳下水去固定那些挡水的水泥袋，因为，汪力成知道，一个领导者如果不能以身作则是无论如何也不能把企业带大的。在 2000 年与笔者的一次谈话中，他坦诚地说：

"企业的灵魂是企业家，其地位不一定是权力的中心，而是精神的领袖。中国的企业家与西方的企业家不同，西方人可以随随便便，而中国企业家则要时刻检点自己，要具有鼓动性，是一种无形的力量，我们作为领导者，关键时刻要发挥关键作用。……领导的权威当然是非常重要的，我用权比较少，更多的是用'威'。长期以来身体力行，个人行为与企业行为合而为一，才能形成'威'"。

没有"敢"字当头，哪有责任感！

坚持原则，慎终如始

在日常生活中，大家都希望有更好的人际关系，受到别人的尊重和爱戴，都想成为一个好人。但"好好先生"不是我们所说得有责任感的人，一个具有责任感的人一定是一个好人，但是一个"坚持原则"的好人。"好好先生"可能得好一时一地，如果没有原则、没有底线的"好人"终究会把事情搞坏，害人害己。不负责任的签名在企业管理中是一种常见的现象，比如实际加班时间是 30 分钟，却写成 2 小时，而主管竟都在上面了签上了自己的名字，劳资员也以主管都签名为由没有细致的审核，按 2 小时做了加班工资。日常的管理工作中，每个管理人员都要在不同的文件、协议上签字，如何行使这份权利，是每个管理者都要思考的问题。千万不要让自己成为名字的奴隶，成为一个不负责任者。

同时，一个具有责任感的人一定是一位慎终如始，坚持到最后的人。无论在生活中还是职场上，不能坚持到最后是事业和人生经营失败的重要原因。开始轰轰烈烈，却只有热度五分钟，到头来收获甚微。纵观身边的人，有多少人有着聪明的大脑但到头来却没有成就；多少人的一生曾经有着令人羡慕的机会和位置却最终平平。细究各种原因，就是缺乏定力，难以坚持。在企业经营中，有的企业有着很好的技术水平和产品，但却败在售后服务的环节，真可谓憾事。在今天的企业竞争中，一定要坚持把售后这个最后的环节做好，这是"最后一公里"，忽视了它，会前功尽弃！

2005 年 12 月 15 日，吉林省辽源市中心医院发生特大火灾，39 人葬身火海。据警方现场调查取证，是医院电工班长在未查明停电原因的情况下，强行送电而酿成大祸。作为一名电工，大楼停电了，他本应先查明原因后再送电，这是应有的常识和责任。而且他也常常做到这一点。时间久了，他也就觉得无所谓了，结果，一瞬间就剥夺了 39 条生命。

2005 年 12 月 7 日，唐山市刘官屯煤矿发生特大瓦斯爆炸事故，造成 90 人死亡，18 人下落不明。调查人员查明了原因：这是个基建施工矿井尚未竣工验收，就非法生产；未经审批，擅自修改设计；8 个掘进头、2 个回采工作面，只安装了 3 个瓦斯探头；入井检身制度存在漏洞，有的名单和本人对不上号，甚至有的矿工入矿当天就下井作业。这种人人都清楚的安全隐患，为什么都忽视了?！各相关安全管理部门，各个生产员工，如果人人多一些责任心，会出现这样的惨痛局面吗？

没有原则、虎头蛇尾是责任感的大敌！其实，这也并不是什么惊天动地的事情，而是一种在日常工作中需要不断坚持的事情。

我们在宝胜集团做项目的时候，他们公司的保安给我们留下了很深的印象：

保卫处后门执勤点的一名队长。一有车辆过来，他总是身先士卒，带头在车厢里爬上爬下，仔仔细细地检查每一辆车，认认真真地核对每一笔物资。

每天他在门口吸足了车辆的灰尘，爬上爬下，满头大汗。可是灰尘、汗水都可以忍受，最让他伤心的就是别人的白眼和谩骂了。在门口，常常有人这样骂门卫："不就是个看门的，头脑怎么这么死，不会活一点?！"

是的，如果要说不负责的话，门卫可以头脑灵活一点，睁只眼，闭只眼，落个大好人做做。可这位队长不是这样的人，不管别人说什么，他总是坚持原则，严格按照公司规章办，将公司利益放在第一位。

通过后门卫工作人员耐心细致的工作，在公司每年几十亿物资的今年出门上从来没出过半点差错。查获不法分子夹带、偷盗现象无数次，为集团公司挽回了巨额经济损失，有效地维护了公司的物资财产安全。

坚持原则、为公司的利益负责，这是衡量一切利害关系和处理一切矛盾时的最高法则。这样做永远都不会错，即便一时有了误会但最终也会得到人们的理解和尊重。

换位思考，担当责任

具有责任感，就是爱人如己、替人担当。不仅仅关注自己，更要想到别人。不是"自扫门前雪"，更要替别人着想。

在很多企业里，员工总是抱怨老板不关心自己，抱怨公司对自己不够好；下级总是抱怨上司不对自己负责，同事之间也总是抱怨对方推卸责任。请沉下心来细细思考：当你抱怨老板时，你关心过老板吗？当你抱怨公司时，你对公司负责了吗？当你抱怨上司时，你对上司负责了吗？当你抱怨同事时，你是不是也承担起自己的责任了呢？

工作就是责任

大家都懂得这样的道理：只有尊重别人才能得到别人的尊重。"希望别人怎样对待你，你就要怎样对待别人"。能够为别人担当责任说明你具有承受力或更强的能力。所以，一个人应该为自己所承担的责任感到自豪和骄傲，因为你已向别人证明，你比别人更突出，比别人更值得信赖。主动做好自己的事情，主动帮助别人做好事情，做任何事情都力求完美，所有这些都是富有责任心的表现。

一个人承担的责任越多越大，证明他的价值越大。证明自己的最好的方式就是去承担责任，只有责任能证明你比别人更出色。如果你有勇气，就别放弃压在身上的责任，如果你能再坚持一下，就更容易获得成功。事实也是如此，据我的感受，很多企业组织用人政策是"能为本、德为先"，如果德性不好，如果个性太强，能耐再大也很难得到重用。在很多大公司中，受到重用的也许并不是才华出众的人，而是富有合作意识和团队精神的人！

一次，笔者乘机飞杭州，起飞前空姐检查安全带。笔者系好后无意间把手搭在了安全带扣上，空姐来到面前不肯放过，示意让笔者抬起手来，当这位空姐亲眼看到笔者的安全带确实扣好无误后，她才往前检查下一位乘客的安全带。实际上，她完全可以不管这些细节，但是，她的行为是一种自发的关心行为，而不仅仅是一种职业要求。

一位朋友曾经遇到过一个护林员，他讲了一个故事：

一次，护林员见一老翁在林中吸烟前去制止，并要求老翁交出火种，老翁很痛快地从兜里掏出一盒火柴给了护林员。护林员说："请交出另一盒火柴。"老翁惊讶："你咋知道我还有火柴？"护林员说："你这火柴是新的，两个磷面都没有用过。"

事实上，责任可以感染他人，让更多的人团结在你的身旁，帮助你、支持你。在一个企业里，不可能每个人都富有责任感。不管人们的认识程度怎么样，但尊重敢于承担责任的人却是大家共同的行为。当一个人敢于承担责任，他就拥有了号召力，拥有了威信，进而获得大家的拥戴。责任来了，承担起来，你才是一个有价值的人。

责任感不是与生俱来的东西，它需要个人对企业忠诚与热爱，更需要个人自觉的习惯意识去维护。在责任感的驱使下，员工履行企业赋予自身的责任，才能形成

工作就是责任

真正的责任行为。诚如杰迈逊夫人所说："职业责任感是把整个道德大厦连接起来的黏合剂；如果没有职业责任感这种黏合剂，人们的能力、善良之心、智慧与正直之心、自爱之心和追求幸福之心都难以持久。"

第三章

四种病症妨碍了
人们的责任感

工作就是责任

人类失去责任，世界将会怎样？

大家还记得20世纪90年代的一次空难事件吗？那是发生在素以严谨、敬业著称的德国上空的一个事件！

两家飞机在欧洲上空的同一高度航线对飞，一架是货机，另一架是客机。德国地面的一位空中交通管制人员在雷达上发现两架飞机进入危险距离后，通知货机下降1000米，以便让客机直行。货机接到地面指示后立即下降，此时的客机则没有接到直行的指示，当它的雷达上显示正前方有一家飞机时，飞机上的电子自动避碰系统开始工作，自动指挥飞机下降了1000米，以便让货机直接通行。结果，两架飞机同时都下降了1000米，又再次处于同一航线上。时隔不久，两架飞机相撞，发生了20世纪最为惨烈的空难。

如果那位管制员不是由于疏忽而忘记了通知客机关于调整飞行高度的指示，如果那位管制员不是自以为是地认为客机机长一定会自己看到这个变化，如果不是客机上那位机长和飞行员没有发现航线上的这个变化，这个事件还会发生吗？

当然，无论是管制员还是机长肯定都不愿这一事件发生，而且已经排除了人为的因素（比如恐怖主义行为、机械故障等）！但为什么还会发生这种几乎很难发生的事件呢？

答案只能有一个：当事人忽视了责任！

为什么会有人忘记了责任或者不愿承担责任？我们觉得，有四种现象是导致责任缺乏病的最基本病因：额外负担症、岗位权力症、价值缺乏症和心理缺陷症。

额外负担症：工作是别人
让我做的额外事情

无论是经济学、社会学还是心理学都发现了人类的一个有趣现象：当一个人觉得此事与己无关的时候，他就对这件事漠不关心、不愿承担责任。只要当他觉得此事与己有关，有必要对此负责的时候，他才会对此负责。人民公社时期的农村，一些人看到别人偷地里的庄稼，连管也不想管，觉得这是村里的事情，与我无关；几年后，农村实行了包产到户，土地使用权都分配到了各家各户，再有人偷地里的庄稼，即使偷的是别人的，不少人仍然挺身而出，因为那是有主人的地了，是自己邻居的地、是自己熟人的地。

1988 年的春天，一所历史悠久的学校的大礼堂发生了一场大火，将里面的一切物品烧得殆尽，幸亏没有人员伤亡，仅残留下了残垣断壁。但是，这个礼堂的地下室中存放着大量自学校几十年前建校以来的珍贵资料，其中不少资料是惟一的。现在，这些资料已经变成了灰烬，对学校造成了不可估量的损失！经过公安机构查实，这场大火不是人为纵火，而是由于住在大礼堂地下室的建筑工人无视严禁吸烟的规定而无意中使烟头点燃了地下室的资料，从而导致了火灾的发生。

让人痛心的是，这些民工发现着火在往外逃生的时候只是将自己的旧被窝抱出来了，至于那些珍贵的资料，尽管他们完全有时间抢救出一些来，但谁也没有抢救出半本！最后，火灾中抢出来的物品只有几床被窝！

有的人为此咬牙切齿，有的人指责建筑工人层次低，有的人扼腕叹息。事实是，在他们这些当事人看来，无论那些东西多么珍贵都与他没有什么关系，只有自己的被窝与自己有最直接的关系。

确实，当人们把工作当成了人生额外负担的时候，就自然而然的丧失了责任感，因为他觉得这是在给别人干活，尤其是当人们仅仅把工作当成养家糊口的方式的时候，工作几乎成了一种人生中不得不做的拖累，责任感也就离开了，因为他觉得这是被迫的。

一些人无论从事什么工作，总是觉得这是别人的事情，就连在家里给家人做饭都觉得是伺候别人，自己应该是干大事的人，不应该做这些只有"俗人"才做的事。我认识一位先生，前年从北京的一所高校博士毕业，他想去的北大、清华去不了，别的学校要他，他不去，说人家层次低，别的职业又觉得辱没了自己的"智商"，最后干脆就在家待起来了，对太太说要独立搞科研，从此开始了自己的"研发"历程，一待就是三年，也没有潜心搞出什么成果，整天除了上网聊天、查资料，就是在小区里到处走走，更没有给家里挣回一分钱，孩子也不管不带，连饭都懒得做，全家靠着他老婆的 3000 元工资过日子。只要老婆一与他说起工作的事，他就大发雷霆，说人们不理解他，都是些个俗人俗事！我们可能会问：为什么会有这样的人？就是因为除了自己心中所谓的"志向"之外，他把一切自己应该做的事情都看成人生额外的负担，因此也就拒绝承担作为人应承担的责任！

如果这种病症传染到了企业中，就造成了一个个的"责任孤岛"，都觉得别人应该如何而不是自己如何！

"这不是我的职责，是张三的事！"

"你怎么连这个都做不好"

工作就是责任

"大家都不关心，我干吗那么傻呢！"

"张三，干吗这么傻干，多给你钱吗？反正老板也看不见！别傻了！"

"凭什么让我做这些呀！他们都干吗呢！柿子总拣软的捏呀。"

"干了这么多活，领导也没看见，也没有个什么奖励！这算怎么回事呀。"

"我得干慢些，反正现在领导也看不见！"

这实质上是一种弱者的受害心理，总觉得这个世界上的人都占他的便宜，他的付出都是不应该的，其他的人都应该对他付出，从而把自己应该承担的一切责任都视为额外的负担，是一种不成熟的心理状态。美国心理学家 M·詹姆斯认为一个人可能会有三种状态：

发狂的人说："我就是亚伯拉罕·林肯"。

神经患者说："但愿我就是亚伯拉罕·林肯。"

正常的人说："我是我，你是你"。

只有当一个人充分地认清自我的时候，也就是一个人敢于去承担责任的时候，才能是一个正常的人。

詹姆斯进而将人的自我状态分为父母自我状态、成人自我状态和儿童自我状态。

父母自我状态表现为偏执、批评和抚养、不容易满意他人等行为；

成人自我状态表现为个人的独立、能够自我处理问题、敢于承担责任；

儿童自我状态表现为自然的冲动多，对于他人有依赖性，喜欢让别人承担责任，尽量躲避责任。

可见，从某种意义上讲，总是把自己的事情当成是别人应该做的事情，总是把该承担的责任看成是额外的负担，往往是一个人不成熟的表现，有点像希望生活在襁褓中的婴儿。一旦习惯了推脱责任，一个人也就选择了不愿意改变现状的受害者地位，一切都是别人的错，一切都是别人应该做的，自己做事的力量也消失了。实际上，我们都亲眼目睹并了解很多人取得成功的环境就是失败者一再强调的环境。当年，如果任正非整天苦恼为什么自己被军队裁掉，王石坐在办公室叹气为什么自己的公司会受到这么多不公正的待遇，柳传志为自己的许多努力得不到别人认同（特别是关系非常好的创业伙伴）而放弃，那么，他们还有今天吗？华为、万科、联想还存在吗？

20 世纪 90 年代，我国的一个代表团到韩国洽谈商务，代表团车队的先导车由于开得较快，就暂停在了高速公路的临时停车带等待后续车辆。几分钟后，一对驾驶"现代"跑车的年轻夫妇停靠了过来，问代表团成员，车辆出了什么问题，是否需要他们帮忙。在代表团说明了情况后，这对夫妇中的男士递过来一张名片，称：如果车有什么问题可以给他打电话，他是现代汽车公司的职员，他看到代表团使用的车辆也是现代的汽车，就过来看看有什么问题！说完，说了声：祝你们愉快！然后开车离开了。

代表团的成员都深深地为这位现代员工的责任心叹服。他的领导也没有看见，又不是自己的事情，对于一个与本人职责没有直接关系的问题给予如此热切的关注，这是一种什么样的精神境界！很多人不仅不理那些与己无关的事情，而且连自己应该做的事情也当作额外的负担，为此找到了大量的借口。

由于将工作视为自己的额外负担，只要一提起工作就似乎提到了仇人似的，遇事推诿、躲避责任、事不关己高高挂起、明哲保身、但求无过，逐渐形成了找借口的习惯，如果一定要他们承担责任，也仅限于那些简单得不能再简单的事情，如接受命令、添个表格之类的。选择指责别人或者将工作视为额外负担是可以给人以轻松感，却也使一个人因此而变得软弱无力，不但无助于问题的解决，无法为组织做出贡献，甚至会蔓延成一种团体成员的普遍病症！

岗位权力症：把岗位当成权力来源的时候

有这样一则故事：

饥饿的狼群整日窥视农夫的鸡圈。那里，肥大的母鸡、雄壮的公鸡、鲜嫩的小鸡在鸡圈里自由自在地奔跑、觅食，还冲着它们欢快地鸣叫，好像在嘲笑狼群的无能。这简直是在刺激狼群饥饿的胃和冒火的眼睛。但是，鸡圈是那么的结实，饿狼根本没有机会伤害那些鸡。终于，在一个夏天闷热的夜晚，农夫喝了点酒，昏昏沉沉中忘记了关闭鸡窝的门。狼群终于等到了机会，潜入了这窥伺多时的地方，大开杀戒。看家狗汪汪地大叫，却唤不醒沉睡的主人；它只好勇猛上前与狼群搏斗，被咬得伤痕累累。

天亮了，鸡圈里一片狼藉，农夫懊丧而无可奈何，只是一个劲地埋怨看家狗："该死的畜生，你为什么不被咬死？狼群进宅时你为什么不叫醒我？你应该去设法阻止这场血淋淋的大屠杀，你应该……"

看家狗委屈地看着主人，眼神里透着伤心。它说："主人，我已经尽力了。而你呢？你是一家之主，这事与你密切相关，连你都不留心照看鸡窝，只顾自己睡觉，你又怎么能苛求我这条狗呢？"

妨碍人们正确承担责任的一个重要因素是人们对于权力的认识。在具体的管理与执行过程中，人们不可避免地处于一定的岗位，并被赋予相应的权力。而这个权力实质上是一种严肃的责任！无论什么权力，其内涵应该是承担起分内的责任，完成赋予的职责使命。权力与责任，犹如一个硬币的两面，权力的本质应该是责任，权力是因为承担责任才出现的！也就是说，当需要承担责任的时候，才会被赋予相应的权力！当我们拥有并使用权力的时候，其实是在承担相应的责任。

为了完成一个目标，运用权力是必要的，但权力的世界为什么使许多目标注定要遭受挫折？因为行使权力的人忘记了一个最根本的实质，权力即责任，越大的权力是越重的责任。

在英吉利海峡，矗立着一座人物雕像，它雕塑的是一位在海难中身亡的船长，他的名字叫做阿尔威，故事

工作就是责任

发生在 1870 年的 3 月 17 日深夜……

　　那天夜里，这艘客轮因机件故障，船舱大量进水，导致船身开始下沉，幸存的船员记录下了当时阿尔威船长与船员的一段对话：

"二副奥克勒富。"

"在!"

"你的手枪带了吗?"

"带在身边。"

"手枪上有多少发子弹?"

"共 3 发。"

"够了，你给我听清楚，现在总共有 60 个人要救，如果有工作人员抢在乘客前面逃生，你就开枪；如果有男人抢在女人前面逃生，你就开枪；如果有年轻人抢在老者前面逃生，你就开枪。"

　　在哭号、惊叫与疯狂的恐惧中，人们突然安静了下来，所有的人都听从阿尔威船长的指挥，井然有序地转移到救生艇上，当最后一名乘客也离开后，阿尔威船长与客轮一同沉入了海底，他忘了把自己列入待救援的名单。

工作就是责任

这座雕像在英吉利海峡矗立了 130 多年，故事中那些被救起的人早已归于尘土，故事里没有"海洋之心"可供寻宝，也没有杰克与萝丝的爱情可以追忆，但那座雕像始终存在。后世的人会从雕像的碑文中看到当时的险恶，也会看到那段船长与船员的对话，然后人们会知道要成为一个让人尊敬的领导者，尤其是在危难来时，权力究竟是什么样的责任，那权力会在瞬间产生两种天壤之别的结果，或让人唾弃或让人们永远怀念。

当处于重要岗位上的人，无论他是一个高级政府官员，还是一个普通的关键职员，认为自己拥有的是可以自己说了算的权力而忘记了责任的时候，我们都知道会出现什么样的结果：高级官员因权力而生成的腐败自不用说，就是那些掌握了一定控制能力的关键员工也一样会出现令人难以忍受的权力综合症。

如沿海地区的 X 机场，由于飞机比较少，指挥系统规定，午夜 12 点，也就是零点，机场关闭。一天，一架客机因天气原因晚点到达了 X 机场上空，正好是 12 点零五分，晚了五分钟左右，机场刚刚关闭。飞机上的机长请求地面指挥系统开放机场，以便让飞机降落。地面值班人员认为规定关闭时间已过，拒绝重新开放，让飞机返回，理由是严格执行规定。不管机长如何解释和哀求，值班人员仍然置之不理。时间过了几十分钟，机长担心油料万一不够支撑就麻烦了，只好返回了起飞的机场！

这种听起来荒唐的事情是实实在在发生的！那名地面值班人员可能自以为这样是坚持原则，实质上是拿着岗位责任当权力，似乎是他掌握着飞机起落的控制权！尽管他自己有可能并没有意识到这点，而这种行为已经不折不扣地把责任——让旅客安全、准时、舒适的降落——置于脑后，而看中的则是他手中的权力！当然，按照规定，他拥有让飞机起降的权力，但是这个权力实质是一个责任，给你这个权力是要你能够认真地履行维护民航客机安全起降的责任。实际上，当管理者忘记了自己的岗位权力其实只是责任象征的时候，许多问题就产生了。

中国航油新加坡公司的巨额亏损事件就是一个值得思考的例子，该公司是中航油集团在新加坡的一家上市公司，CEO 叫陈久霖，北京大学数学系的本科生、经济学院的研究生毕业，到了新加坡后又读了新加坡国立大学商学院的 EMBA，无论是学识，还是智商，应该是没有问题的，甚至应该说是比较高的。刚刚派到新加坡的时候，陈久霖凭借自己的才智，为公司赢得了很好的声誉和利润，也赢得了董事会的信任，董事会对他的监管也逐渐减弱了。这时，他自己的自我感觉也一天天地好起来，权力欲望自然也一天天大起来，不仅把自身应该承担的责任置于脑后，而且自认为自己智商很高、有权力调动相关资源，不管董事会的警告，置公司利益于不顾，私自炒作期货指数，结果就像20世纪90年代中期新加坡的巴林银行事件一样，形成数亿美元的亏损，致使公司进入破产重组程序。

这是一个运用了权力却忘记了责任的典型事件，当然，监督是非常重要而且必需的。不过，即使监督得再紧，如巴林银行，在实际管理过程中，作为CEO，他仍然有着很多运用权力的机会，如果他自身就将岗位责任看成了岗位权力，谁有能如何呢？安然的决策者们、安达信的决策者们、巴林银行的里森等，将责任当权力的案子值得我们思考！

德胜洋楼的聂圣哲总监将公司内部的这种岗位权力症斥之为官僚文化。

他在一次会议上讲：

"什么是官僚文化？你有了权力时牛哄哄就是官僚文化；你有了权力对别人漠视就是官僚文化；你有了权

力对别人不尊重就是官僚文化;你很多的事情不想亲自去做,就是官僚文化⋯⋯官僚文化就是虚伪、伪装、人浮于事啊!德胜文化一定要成为健康的文化,一定是健康的、非官僚的文化,就是平和的、平民化的、平等的、真实的、非伪装的。你们想想看,我们公司始终没有设总经理办公室,这就少掉了多少官僚文化。你想想看,如果我们现在有一个总经理办公室,那还得了啊!盖章找他、开条子找他,然后他俨然成了权威的化身。反官僚文化是每个人都要行动起来的事情。"

方太的茅忠群对此亦有同感,他说,一个非常敬业的、高素质的职业经理人,会将公司赋予的权力视为自己的人格生命,比上司管得更严,做得更出色、更周到。但也存在一部分人,一旦权力到手,便以权谋私、用权力来显示自己地位的重要性,考虑的不是自己的责任、不是如何将事情做好,倒也不一定是要有私利可谋,而是将权力看成了权力而不是看成责任,瞎表态、乱指挥、要面子、盛气凌人。

方太的一个事业部经理讲得很好,你给了我权力,我反而睡不着觉,因为我承担的责任太大了,担心自己做不好,原来没有什么权力,反正你说什么,我就干什么。

在组织中，一个管理者或者一个比较职业化的人，不是要看他讲什么而是看他如何做。有的人说，我这个人最讨厌权力啦！最讨厌那些弄权的人啦，我们要看看他拥有权力的时候，是个什么样子！对于企业的管理者和职业化员工，美国 ServiceMaster 公司 CEO 比尔·波拉德说，管理者应该经常地问自己：

当我领导别人时，我也准备为他们服务吗？

当我启发别人时，我聆听他们了吗？

当我教育别人时，我有没有学习？

当我期待别人跟随，我有没有投入？

当我期待优异的表现，我有没有从平凡开始？

当我期待利润，我有没有帮助别人发展？

看来，孔老夫子的"每日三省吾身"其实是一个再好不过的方法。

价值缺乏症：当缺乏了足够推动力的时候

"这种工作，没劲！"

这大概是很多人在不愿为工作付出并承担责任时说得最多的一句话，似乎有劲的工作才值得投入精力和责任。

工作就是责任

什么叫"有劲"的工作？在我们看来，就是有价值的工作！张瑞敏提出的"斜坡球体定律"是一个对以往经济学规律和人性规律的通俗解释，人性就像斜坡上的球体，总是会有惰性的，一旦缺乏了前进动力的时候，他就会自然而然地下滑！一个人要向上走，一定要有足够的动力和推力。

大家还记得《HUNGHO，共好》这部情境电影和《共好》这本书吗？其中的松鼠精神指的就是有价值的工作，这不是说工作本身如何，而是一个职业人如何理解工作价值的思维方式问题。

书中的男主人公、印第安大汉安迪强调：

"松鼠们努力工作，是因为它们的工作很有价值。这同样适用于人。……我们必须认识到我们所从事的工作很重要，是很有价值的！"

书中的女主人公、公司新来的总经理佩吉·辛克莱在松树林里观察松鼠勤劳奔忙的时候，不太认同这种理念：

"如果说医院的医生每天救死扶伤、科学家们为了人类美好的明天发明了很多有益于人类的好东西，这当然是很有价值的，我们做的都是些日常的琐事，有什么伟大的呢？"

工作就是责任

安迪很严肃地说：

"关键在于理解，而不是工作本身。事实上，你所知道的几乎任何一种工作都很重要，都能让我们生活的这个世界变得更加美好。每个人其实都有很大的价值，只是他们常常不了解自己在这个世界上扮演的角色而已。

祖父曾经说过，人们一旦理解了这一点，就会知道他们的工作是正确的，人们只有从事正确的工作时才能做到共好——才会富有责任心。"

现实中，几乎所有的工作都会有这样的理念，保安和普通的建筑工人应该是最普通的劳动者了吧！他们整天干的是脏活累活，如果觉得这仅仅是别人不愿做的工作、如果整天觉得这种工作没有价值、别人还不愿意理解，结果如何呢？结果就可能是犯罪行为。正如2006年发生在北京一家培训中心的保安抢劫杀害中心女教师事件就是一件非常值得反思的事件：一位曾经在军队表现非常出色的退役军人当上了保安队长的时候，开始的时候是自豪与认真，时间长了，特别是与违规进入中心门口人员进行争吵的时候，他的心态失衡了，觉得自己的责任一钱不值了，然后就有了令人可怕的一幕……

可能很多人都说，民工的工作最没有意思的吧。工作累，没有保障！实际上，那只是不珍惜自己工作岗位责任的或者没有看到其中价值的人所认为的。

《德胜员工守则》中记载了一位德胜普通工人小刘的心声："'你有一双勤劳的巧手'，虽然这是一句普通的话，但始终令我难以忘怀，因为这是客户给我的特殊礼物。"

"那是2002年的11月份，公司工程部调我到已有客户入住的杭州东方苑花园别墅工作。一位户主准备了材料粘贴厨房外墙。在墙面凿毛(注：即用钢凿给墙面打上密密麻麻的小坑眼)时，户主可能考虑到公司是义务帮助施工的，就问我：'不用敲掉就重新粉刷行吗？'我说：'您看这墙粉刷的质量多好！如同混凝土浇筑一样，无裂无缝。我给您凿毛眼凿得密一点，墙面冲刷干净，粘贴就会很牢固。放心吧！我会给您做好的！'在工作中，有许多事情需要与户主沟通，如砖缝大小、砖的贴面朝向等看起来很小的细节等，我力争把一道工序都做细做到位，对明显长度不一的砖石切割'整容'，爱惜客户的一砖一石及所有的原材料。收工的时候，坚持将现场清理干净。有时，客户用车装运砂土、水泥等需要帮忙的分外事，我也乐意出手相助。

工程快结束的时候，户主提出请我吃顿饭。我说

工作就是责任

'谢谢！公司给我们的待遇很好，为客户做好每件事是应该的。'这位户主听了，感动之余，情不自禁地说了一句话：

'你有一双勤劳的巧手'

客户短短的几个字是来自内心的真情流露和赞赏，我感动地回答：

'谢谢您给了我这么好的礼物！'

手艺人具有一双勤劳的巧手，总能机会多多。有一次，我们八个人在学校粉刷楼房。一个半月后，老板在'精兵简政'时说：'在给你们的辛苦钱的信封里，装有三枚五角硬币的师傅留下。'没有想到的是，我两次都获得了硬币！论手艺，我们几个师傅差不多，而且他们有几个的工龄比我还长。我知道，只有勤劳、认真、乐于做事，有良好的心态和艺德，才能被老板留下。

你今天一旦选择了所从事的职业，就要热爱它，喜欢它，把它视为一种乐趣，才能有真正的快乐！"

您看，这是多么朴实的语言，又是多么富有哲理的语言。他不懂得很多高深的哲学和理论，但明白人间最根本的道理：当你觉得有价值，你就去付出！你付出了，才会有回报。人，一旦理解了工作的价值，其责任的动力是多么的强大，不管他管理的是数百亿的大公司，还是仅仅帮着别人贴墙面。

就如《共好》中安迪所强调的，有价值的工作意味着，理解工作能够让这个世界更美好，也只有工作才有助于实现人们的共同目标。

他总结道：

"在一个共好的组织中，价值观才是真正的老板。价值观将指导着你的行动，而不是让你用它来支配别人。"因此，他引用其祖父的说法，同样是石头，看你如何行动，来决定着你是磐石还是鹅卵石，"磐石即使在湍急的水流中也岿然不动，鹅卵石却随着水流而不停地滚动，即使你把它叫做磐石。"

心理缺陷症：当人们缺乏正面心态的时候

在过去的旧社会，成为怨妇的往往是有钱人的小老婆，尽管她大概是最年轻的、最漂亮的，但是由于入家门的时间最晚、身份也不怎么光明正大，在家里的环境可能不会那么友好，尤其是前面的几位太太对她的态度。因此，她的抱怨可能最多，尤其是在与其他人争宠不利、与男主人吵架的时候：

"我怎么这样命苦啊!"

"我怎么这么倒霉呀!"

"为什么这种事情总是找上我呀!"

……

满腹苦水倒出来,恨不得把眼泪流成了长江,再严重的,就要一哭二闹三上吊了。

公司以及很多组织中都有这么一类人,不能多干一点点,总觉得别人多么对不起他,总觉得别人得到的比自己多,获得利益时眼睛总是盯住那些收入高的、工作劳动时眼睛总是盯住干得少的,动不动就撒泼打诨、埋怨别人,不愿面对现实、不愿承担责任。我们称之为"小老婆心态"。

"唉!我怎么这么倒霉呢?碰上个这么严格的领导!"

"唉!我更倒霉,一上班就碰到一个挑刺的顾客!"

"唉!你们这算什么呀。我更倒霉,刚打开我的电脑就把公司的一个重要文件给删了,搞得领导一顿臭骂。我真不想干了,不能受这个窝囊气!"

这种病症实质上是进入了一种心理陷阱,将人生社会环境中的阴暗面放大,特别是对于自己不利的方面放大,为自己的失利、失败以及做不好事情找到客观的理由。不难看出，这类人生活在一个自我封闭的心理死胡同中，支配其行动的，不是自己的大脑，而是外在环境的不利方面。他们总是沉溺于过去的美好或者不幸之中，将现实中的不顺利或者他们认为的不顺利归罪于环境或者他人，经常哀叹着"但愿"：

但愿我能够换一个更好的部门……

但愿我今天能够在街上拣个大钱包……

但愿我出生在李嘉诚这样的家庭……

但愿我嫁（娶）个大款的儿子（女儿）……

……

实际上，这都是消极思维惹的祸。当人们总是把对自己的不利事情看成是有意针对自己的时候，当人们失去感恩心态的时候，他们的责任心就大打折扣，对于自己的事也就无所谓了，本该自己的责任也变成了别人的罪过。

一位北京著名高校的教师到西北一个省城去给那里的总裁班学员上课。课程为两天，第一天课程结束后，鉴于老师次日要回北京，学员们当天晚上集体请老师用晚餐，西北的人都比较热情，晚餐变成了酒席，酒席变成了白酒的战场，左一杯右一杯，几轮下来，老师顶不住了，最后他也不知道自己是如何回的房间。次日上午，上课时间到了，学员们整齐地坐在教室里，可是，老师未到。大家等了15分钟，老师还是没有来，学员们议论纷纷：是不是老师昨天晚上喝多了，现在没有睡醒呀！班长赶紧到老师的房间去查看，因为老师就住在上课的宾馆，找起来也比较方便。班长敲了几下老师房间的门，不一会儿，门开了，老师穿着睡衣、睡眼朦胧地站在门口说："不好意思，昨晚喝多了，到现在还头痛得厉害，你转告给同学们一声，今天上午改成自习吧，下午我再给大家上课，我会上的时间长一些，把上午的时间补回来！"，班长也无法与老师辩驳，无奈地回到教室，把老师的话转达了一遍，班上一片哗然！

这一情况很快就反馈到了北京的校方，等老师回京后，等待他的是处分和停止上课一学期。他很苦恼，也很不服气，私下对我说：

"周博士，这事怨我吗？我没办法呀！全是那帮学员害了我！以后再也不给他们那个地方的人上课了！"

"你说，我怎么这么倒霉呢？今年我是流年不利呀！"

"嗨！这个世界上小人太多，要不是有人告状，这事学校怎么会知道呢？学校太黑了。"

工作就是责任

你看，他一直就没有提到自己作为一个教师应该承担的责任，不断地强调其他人对他的"不公正"。

说到底，这是一个如何对待人生、如何对待工作的问题。纳粹德国某集中营的一位幸存者维克托·弗兰克尔说过："在任何特定的环境中，人们还有一种最后的自由，就是选择自己的态度。"

因此，最可怕的敌人其实正是自己！

心理学家证明，我们在成年时期的恐惧往往是小时候养成的，只要迷迷糊糊有一点迹象同你小时候受过惊吓的情境相同或类似，人们就会一下子体会到小时候的那种感受。喜欢推诿的人实质上是内心深处有着对于责任的一种忧虑，可谓责任忧虑症。

布鲁斯·詹诺是1976年打破十项运动世界纪录并获得奥林匹克运动会金牌的"世界最佳运动员"。

他获得金牌的那一天，他的妻子克里丝蒂跑进场内同他拥抱，高兴得又哭又笑！

又有谁知道，詹诺曾经是一个患有"诵读困难"症、学习能力低下的慢班生呢？但是，詹诺在家人的鼓励下，没有将自己的问题归咎于父母和自己的毛病。

"我搞体育的主要原因之一，是因为在学校里被人轻视，而搞体育有可能证明自己的为人。在教室里，我可能已经落后了，但是我要到篮球场上同任何一个人较量一番。"

中学毕业以后，他在爱荷华州雷斯兰大学获得一笔田径奖学金。在这所大学里，他的教练 L. D. 韦尔登发现他作为运动员很有前途，动员他练十项运动，准备参加奥运会选拔赛。

在圣巴巴拉的运动会上，詹诺在比赛撑杆跳的时候彻底失败了——他练了几年的起跳步子有点反常。"如果跳不及格高度，就输了。只这一项就能拿 1000 分。但是，我起跳的步子错了，根本就没跳起来。我非常失望，说了几句话就跑出了大门，看到有一片树林，在那儿大哭了一场。没跳出成绩关系还不大，可是离奥运会只有一年了。"

"千头万绪涌向我心头：'我的成绩也许永远上不去了；也许已经到顶了。不管怎样苦练，永远也不会成功了。'"

"我要在精神上有所准备，以防万一得不到第一名，因为我知道那将会是一个重大的打击。"

詹诺没等运动会结束，就回到家思考自己的前途。"我同我的妻子克里丝蒂谈了几次。他对我说：'你想在奥运会上得金牌吗？在奥运会上获胜是不是很重要的事，是不是你一生当中最重要的事？'"

克里丝蒂的问题打中了詹诺的要害。"记得我当时坐在起居室的一张大椅子上。我不能说'是'，因为我当时脑子里想的都是不成功。我就想，'还是稳妥一点吧。也许去搞保险公司的生意吧。搞不成体育，就靠别的过活吧。'"

"但是，我是有获胜的潜力的；要是得了第二三名，对我来说都是失败。所以我又想，'如果我说那不是我一生中最重要的事，那么，从思想深入来说便是在欺骗自己'。因为我实际上不是那么想的，只是在压制自己而已。"

"所以我想，如果我真的认为那是我一生中最重要的大事，就不仅仅是在奥运会上取胜的问题，不仅仅是在运动会上竞争的问题，而是当成自己的性命，是自己要做的事情。如果不取胜，也是一辈子的事！"

对于詹诺来说，确定这个目标，就是说活着要以训练为中心，"要以这个目标而活着"。

"这样要冒极大的风险，几乎是以生命作为赌注。但是，我必须这样想，否则就不会付出百分之百的力气。"

"我又想，假如到这一天我失败了，我有充分的信心重新打起精神来。也许要花几天、几个星期、几年的时间去恢复，但是我是会经得起失败的。"

"于是，我对克里丝蒂说：'是的，夺取金牌确实是我一生中最重要的大事！'"

詹诺回忆说，当时他像是打开了一个阀门，全身都是劲。"还是坐在椅子上，态度完全改变了。"

"这是我在事业上一个很大的变化，是由于我遇到了挫折，然后对于奥运会上的失败的可能性进行了认真的思考的结果。"

我很喜欢这个故事，因为它很清楚地说明了一个人怎样把忧虑和不利于自己的环境改变成为自己的动力。詹诺一下定决心知难而上，虽然心中惧怕失败，仍然抱定目标去争取成功，他便觉得浑身充满一种新的力量。

你未必会立志去夺取奥运会的金牌。但是，即便你面临的问题没有那么艰难，你的目标不如詹诺的目标那样大，也可以向他学。毅然把心中的恐惧承受起来，承担属于自己的责任。你不用等待出现什么危机或者重大事件才去考虑承担责任的问题，现在就要把阀门打开，使出你的全副力量，把劲头鼓起来。

第四章

责任感修炼的
6 个步骤

从我做起，把我看成一切的根源

主动面对问题，坚信方法总比问题多

往前走一步，不是不动或往后移动

工作无小事，把细小的事也做得很到位

拖延是恶习，优良业绩来自即刻行动

老好人要不得，缺乏原则的"好人"如同帮凶

　　美国海豹战队有一句内部口号："海豹队员生命的每一刻都要为团队而生!"

　　这既是一种个人责任的表达，又是团队责任的象征!每个海豹战队的成员也不是天生都是神勇的战士，责任感修炼使他们成为令人生畏的战斗队。

　　责任感的修炼是每一个职业人必修的功课。方正集团董事长魏新教授认为：企业竞争的最高境界是文化的竞争，人的意识是企业运行好坏的关键要素。人在认识上没有达到一定的高度，仅靠机械的架构设置或强制措施的制约可以受到一定的效果，但绝不可能达到我们预想的效果。因此，每个组织成员，包括"你"，包括"我"，也包括"他"，从每个人自己责任意识的提高入手，最终将会改造一个企业、一个社会，提升整个中华民族自立于世界民族之林的信心和能力!

　　魏教授的这番话道出了责任感修炼的原则和意义。我们认为，责任感的修炼是一个长期的过程，也是一个自我意识觉醒的过程。下列6个步骤无疑会成为这个过程的重要路径：

从我做起，把我看成一切的根源

　　个人责任意识的缺乏，导致了推诿、抱怨、拖延、执行不力，成为社会的一大流行病，也成为企业组织的一大顽疾！

如果没有强烈的个人责任意识，任何组织或个人，都不可能达到目标，在竞争中获胜。因此，从我做起，提高个人的责任意识，是责任感修炼的第一步。

要提高个人的责任意识，就要从你问的问题开始，首先就是不要再问"谁为此事负责？""为什么他们总是不能做得好些？"或者"为什么我们必须忍受这样的领导或环境？"这样的问题，而是首先要问"我如何能够改变现状？""我如何将这件事做好？""我如何做得比别人更好"这样一些有助于完成任务的问题。

美国学者约翰·米勒在《问题背后的问题》一书中提出了几条经典的个人责任提升原则：

个人责任不是通过改变他人，而是通过改变自己力求解决问题；

个人责任不是抱怨团队，而是要充分认识个人的力量；

个人责任就是要适应变化，不断完善自我；

个人责任就是利用现有的资源与工具实现目标；

个人责任就是要做出具有积极作用的选择；

个人责任就是要不断自问"我还能做些什么？"

工作就是责任

选择做一个有责任感的人，生命才能更充实！

一个有责任感的人遇到任何问题，首先想"我应该如何办"，而不是"他如何"，不是仅仅做好了本职工作就是责任心，责任感意味着不寻找借口。

在研究方太成长历史的时候，我们发现，在方太的厂区办公大楼侧面的绿化带里插着一块醒目的牌子，上面写着：

"我是一切的根源。"

当我就这句话求证于茅忠群的时候，他下意识地笑笑：

"我们的企业文化是一种有责任感的文化，是一种人人都能够承担责任的文化！这就是从我开始承担责任的文化，而不是他人承担责任的文化。以人为本，不仅仅是以人的利益和方便为本，而是应该以人的责任为本！"

在茅忠群看来，方太的责任观就是"责任第一人"，也就是说，培育人们的责任至上精神，这种责任不是只对自己岗位或只对所做的事情负责，而是一种时时刻刻的责任意识，出现问题不是到处找借口，而是首先意识到自己对于问题的责任。

假设你在开车上班的路上遇到了一起车祸，肇事者与你没有任何关系，受害人与你也没有什么关联，这个时候，你如何选择？你先不要问司机该如何办，也不要问受害者自己如何办，是你自己如何办？你有很多种选择是不是？你既可以赶紧报警，也可以过去帮着救人，还可以过去看看热闹，更可以一走了之。这个时候，不是看别人如何，是你如何选择，也就是首先要问自己的责任如何！

针对企业内部的人员，茅忠群说：

"一旦你踏上了任何一个岗位，即是你选择了一份责任、拥有了一份使命。承担职位赋予你的责任，部门主管承担百分之百的部门责任。按时按质完成负责的工作。对所做工作的结果负责，尽量避免让上司修改作业或收拾烂摊子。不轻易上交矛盾和问题，自己的孩子自己管好。"

方太的人力资源总监潘九安对笔者说：

"'我是一切的根源'是一个非常深邃的口号。原因在我，行动在我，成败在我，'我'既是原因也是结果。"

美国前总统肯尼迪有句名言："不要问这个国家可以为我做什么，应该问我可以为这个国家做什么。"

在方太，也有一句名言："山不过来，我过去"，它源于一个真实的故事：

工作就是责任

大年三十是一个全家团圆的日子，晚上 8 点多，方太沈阳营销中心的维修工人小于正在与家人包饺子、看春节联欢晚会，突然，手机铃声响了，一位客户打来电话，说"油烟机出问题了，我们等着做饭，赶紧来修!"，小于二话没说，拿起工具出了门，以最快的速度到达了客户的家里，维修完，已经是 9 点半多了，小于满脸汗水地说："真对不起，打扰您看春节晚会了。"客户听了这句话，不好意思地笑了："其实，我们已经吃过饭了，只是想考验考验你们方太的星级服务，这回我服了!"

小于后来对同事们讲起这段经历的时候，动情地说，"拥有一个环境适合你，你又能胜任的工作，实际上是个享受。工作中总会有各种各样的问题，就我们售后服务人员来说，最闹心的就是遇到习蛮的客户，我们无法躲闪、也无法逃避。既然如此，我们平心静气地、甚至高兴地接受他们，这叫'山不过来，我过去!'"

这种"从我做起"的责任意识，我们在新奥集团的文化咨询过程中，也曾亲历：

小刘是新奥集团葫芦岛燃气公司的巡线员，一天晚上，他下班回家，途经连山大街与文兴路交叉口的时候，突然闻到了一股熟悉的气味，凭借职业的敏感，他判断附近一定有漏气的地方。为了稳妥起见，他跑回两公里之外的公司，取出了检漏工具，飞快地跑回刚才那个地方，一寸寸地检查起来，果然，他发现了一个漏气的管道，在冷静地维护好现场的同时，赶紧拨打了报修热线，组织相关人员抢修。折腾了大半夜，他们终于在黎明前将漏点焊接完。尽管几乎一晚上没有睡觉，小刘感到比什么都高兴！

用新奥董事局主席王玉锁的话说，这就是他们的"责任"内涵，除了在上班期间将工作做到位外，"新奥的责任，还包括另外两层意思：一是在上班时间以外，遇到自己职责范围内的事，主动付出时间和精力把它做好；二是以职责范围为基础，创造性地开展工作，把事情做到底。"

请记住，面对现实，你惟一能改变的人是谁？我想你一定可以答对——你自己！

惟有当事人决心改变自己，才可能从内心改变。

主动面对问题，坚信方法总比问题多

职业人的存在价值就在于解决问题，职业人的责任就是敢于面对问题，遇到问题不是当危险来时的"鸵鸟"，而是当猎物来到时的"猎豹"。这就是责任感修炼的第二步。

一个真正职业化的经理人和员工都应该关注结果，想尽一切办法去获得结果，坚信方法总比问题多。获得结果的责任主要体现在两个方面：第一，必须衡量解决问题在工作中的作用，并使解决问题变成一种职业本能；第二，必须果断地、永久地解决工作中浮现的日常问题和难题。如同《方法总比困难多》一书所提出的那样：

一流人才的核心素质是，当遇到问题和困难的时候，他们总是能够主动去找方法解决，而不是找借口回避责任，找理由为失败或者不愿履行责任辩护。

主动找方法的人永远是职场的明星，他们在单位创造着主要的效益，是今日单位最器重的员工，是明日单位的领导乃至领袖。他们的共同理念是：

只为成功找方法，不为失败找借口。

他们坚信：

方法总比问题多！

爱迪生当之无愧地属于这样的一流人才，数百次的试验失败都不能磨灭他的信心，甚至当1914年12月的一场大火烧毁了他的全部制造设备的时候，面对无法估量的试验资料损失，67 岁的爱迪生还微笑着对职工们说："灾难有灾难的价值。我们的错误被全部烧毁了，现在终于可以重新开始了!"

生活是公平的——有时对我们有利，有时不利。我们在职场上都会经历失望和打击，都会面对各种各样的问题，对此既不能视而不见做"鸵鸟"，又不能盲目乐观，不敢直面问题，乐观地等待着，我们需要的是敢于主动面对问题的乐观——想尽一切办法搞定它!

《把信送给加西亚》中的主角罗文，想必大家太熟悉了，他的出名不就是因为他想方设法完成了总统的任务吗？用茅忠群的话说：

"承担责任就是敢立'军令状'。我们常说，责任重于泰山，领导就是责任。每个部门敢于立'军令状'，要敢于说'做不到我负责。'"

我们国富在咨询中倡导"一切问题都应该有方法解决"的工作方针，我总是对咨询师说："不要对我说，这个问题没有办法解决"，要求他们按照"任何问题都有答案，任何问题都必须有三个以上的解决方案"，永远不能对我讲："周博士、李博士，我们只有这一种解决方式了"，我们要求的是想尽一切办法帮助客户解决问题，没有想尽一切办法就是没有尽到责任。也就是我们常说的

"穷尽法"——穷尽一切的可能性来解决问题。这一条已经成为国富的咨询法则了!

其实,我们奉行的是一句传统的中国话:没有过不去的火焰山。

往前走一步,不是不动或往后移动

什么叫责任?怎样才能叫负责任?遇到问题,往前跨一步;遇到困难,往上顶一顶;遇到事情,多做一做。

面对浓烟滚滚的大火,很多消防队员,特别是第一次来到火灾现场的新手,感受到的是强烈的恐惧。正在这时,指挥官转过身,凝视着每个人,说"跟我来!",然后义无反顾地冲入火海。

"跟我来",三个简单的字,告诉了每个消防队员:什么叫责任。

"第一个冲进去,最后一个撤出来"这成为纽约消防队领导原则的核心!你要想成为有效的领导者,没有别的办法,就是要坚持这样的准则!这就是责任!

2006年11月14日,我国兰州空军某部郑州籍飞行员李剑英驾驶某型歼击机,在训练结束下降过程中,撞到鸽群导致发动机不能正常工作,在生死攸关的16秒里，李剑英看到飞机下方密集的村庄和人群，毅然决定改跳伞为迫降，先后三次放弃跳伞求生机会，为了保护国家和人民群众的生命财产安全壮烈牺牲。

英雄以自己的生命诠释了军人心目中的责任究竟意味着什么。

有人可能会说，消防队和军队一样，尤其特殊的性质！实际上，任何一个组织，任何一个人，当你要承担责任的时候，首先就要看你面对问题和困难的态度：向前？向后？还是不动！

2006年的一个深夜，凌晨两点。某空管站区域管制室的"大夜"值班人员经历了一整天高强度的工作，此时早已睡眼惺忪、强打精神坐在工作台旁。这时A国管制室打来移交电话，"某某航班几点几分进境"。管制员放下移交电话，没有依照业务流程在进境航班计划系统中输入航班号并确认这是否是计划内航班，就回到工作台旁等着航班入境了，他想："这么晚了，没什么飞机，会有什么问题？"

该航班入境后，这位管制员突然惊醒道：这是A国去B地的航班，怎么会从我们这里入境呢？于是，他赶忙询问航班机组相关情况。晚了，最终，由于程序等诸多原因，该航班在该区域盘旋了好久后，不得已返航。

实际上，航班飞错航路的情况十分罕见，国外航空公司出现这样的低级失误也罕有发生。但是，就是这些看似不可能发生的差错验证了责任的重要性，永远坚持从空管安全的需要出发多想想，绝对不是自作聪明、走捷径。实际上，只要多思考一分钟、多动手查查航班表，就一切 OK 了！就少了一小步，搞成了一件"大事"。

日常工作中也是如此。

两个新来的研究生小赵、小王。小赵来自地方的普通高校、小王毕业于北京的一所著名高校，为人聪明、善言，小赵不善言谈，小王自然成为这个新科室的小明星，被部门领导暗暗定为具有发展前途的年轻人。小王大概也看出门道来了，而且也知道自己的学校是个重大的优势，觉得自己是一个做大事的人，对于那些早晨给部门打水、简单的打扫科室卫生等之类的事情一概被他视为"粗人"做的活，自己是"天之骄子"，应该做重要的事、做更加具有成就感的事。结果，科室里的打开水、拿报纸、简单的打扫卫生等"粗活"不是老同志们做，就是小赵做。时间长了，老同志们看出来了，小王做的事情，小赵做得也非常出色，可是小赵做的很多"粗活"，小王是一件也不做。慢慢地，小赵成了科室的骨干，小王仍然是来时的那样，他总觉得委屈，似乎别人歧视他、孤立他。他为什么不不想想：你为什么不多走一步、为什么不往前伸伸手呢？

《问题背后的问题》一书中有两句话给我印象很深：

有责任的人会怪罪谁？谁都不怪，甚至包括自己在内。

该书作者还改写了美国著名神学家尼布尔著名的祈祷文：

"愿上帝赐我平静，接受我无法改变的人；愿上帝赐我勇气，改变我能改变的人；愿上帝赐我智慧，了解我自己这个人。"

当不少人一直抱怨没有机会显示自己责任感的时候，他忘记了人类最基本的规律：抓住目前的机会，从一点一滴入手，遇到任何问题，向前跨一步！

2007 年 5 月我与我的同事去南京为苏宁电器店长们进行培训的时候，我也做了一些初步的调研。培训中心的一位负责人为我讲述了这样一段事情：

工作就是责任

2003 年 10 月 7 日，芜湖苏宁开业一个星期，苏宁售后部门的安装工人小杜、小杨接到了一个空调安装任务，他俩去安装时发现顾客家在二楼，可以安装外机的窗户是旧式连体防盗窗，根本打不开。之前，顾客也咨询过一些其他公司的空调安装人员，他们都说，如果要安装空调，就必须先把窗户换掉。

小杜、小杨二人没有一走了之，也没有把问题推给顾客，而是再三研究在不用换窗的情况下有没有方法进行安装，最后决定：一个人先依靠梯子站到一定的高度，再由另一个人利用安全带把他拉升到安装位置，悬空作业安装外机支架，最后加长管线接到要装空调内机的房间。虽然这样安装有一定的风险，而且需要更长的安装时间，但只要仔细操作，应该是没有问题的。两个年轻人耐心地从下午一点半一直工作到晚上七点，终于在没有拆除窗子的条件下将空调安装到位，连顾客自己都不能想象的事情做到位了。

事后，顾客送来了一面锦旗作为致谢！"这样的安装费时、费力，又麻烦，以前没有人肯做，我们自己都不知道怎么办了！你们做成了，真了不起！"

"自己多麻烦点，顾客就少麻烦点"，这句质朴的回答不就是普通员工的责任写照吗?!

实际上,我们身边也经常有这样的经历:

2007 年 5 月底,我们国富举办了国富执行力大讲堂2007 年第一课,地点在我们公司旁边的元辰鑫大酒店,课堂开始前的晚上 9 点多了,我到现场看了看,我们的员工正在紧张地布置会场(下午这里有别的活动),接近收尾的时候,我就准备回家,走到酒店门口的时候,一位工作人员对我说:"周博士,您看看这个横幅如何?"我这才抬头看了看,酒店大门的横幅,刚刚挂上。我突然发现,横幅上有两个字与计划中的不同。我们的名称叫"国富执行力大讲堂",横幅上写得是"中国执行力大讲堂"。我觉得写得不正确,但考虑到现在就已经很晚了,再修改后贴上挂上就更晚了。为了让大家早点休息,我没有说什么!

次日,我 7 点多就来到酒店,仰头一看大门横幅,上面已经改成了"国富执行力大讲堂"。我那天的课讲得很有激情,因为我觉得我的员工特别好,特别富有责任感。后来,我问起这个事情的时候,培训的负责人告诉我,他们为了改这两个字,一直工作到晚上 12 点钟。他们都知道一个特别简单的道理:

往前走一步,即使是一小步,也不能停止不动,更不能后退！

工作无小事，把细小的事也做得很到位

很多"聪明"的人对小事不屑一顾，经常以"做大事者"自居，实际上，这些人往往是眼高手低之辈，这就是为什么松下幸之助让新来的员工从扫厕所开始职业生涯，他相信：一个人连扫厕所这样的小事都做不好的话，其他的所谓大事也不会干好。

确实，管理公章大概是不难的事之一了吧？有的人就会出现违规盖章的事；打扫卫生这样的事算是最平凡的事情了吧？有的人仍然会扫不干净！

张瑞敏为此说了两句话：

什么叫做不容易，就是把容易的事情反反复复得做到位，就是不容易！

什么叫不简单，就是把简单的事情日复一日、月复一月得做到位，就是不简单！

老子早已说过："大必出于细"，也就是再伟大的事业都是一系列的小事构成的，没有小事就没有大事。刘翔的世界冠军是日复一日的训练出来的、是一个环节一个环节的抠出来的、成绩是一秒一秒的提高上来的；李

工作就是责任

嘉诚的财富是一个生意一个生意的做出来的，当李嘉诚为了卖塑料花在香港的大街小巷吆喝的时候，不知道他心里的大事是什么?!

我们在去过浙江温州、青田的都感受到了那里的华侨之多和华侨之富有，连青田这样的小县城房价让华侨购房的热情都抬到了 1 平方米 1 万元以上，但是，一位欧洲的华侨领袖对我讲："周博士，人们只看到了华侨的财富，他们不知道，我们的财富是开饭馆一分分挣出来的"。

小事是大事的根基，小事做不好，大事就不存在!因此，工作中无小事，小事就是大事，把小事做到位，大事自然就做好了。

小事中看责任，责任中无小事!

对于一位有责任心的人，小就是大!

新奥集团的廊坊燃气收费组有个有名的"五姐妹"，其中，一位是小杨，她到客户家里收费，她轻轻地敲了敲门，门没有开，她仍然轻轻地敲，门还是没有开。

当她正准备返回时，门开了。女主人说："不好意思，我还以为没有人呢，你怎么不大声敲门呢?"杨静说："知道你家有婴儿，怕吵醒她。"女主人惊奇地问她：

"你怎么知道我家里有小孩？"杨静说："从客户资料上看到的。"这种细心和爱心令女主人又感动又佩服。

不仅如此，"五姐妹"经过细心研究，发现用中指去敲门声音最好听，因此就坚持用中指敲两下门。年复一年，中指都磨出了厚茧子。在"五姐妹"手里都有个性化的客户档案，上面记录着每家客户什么时间比较方便、有什么爱好、需要特别注意哪些方面等，用来为客户提供满意的服务。

优质的服务哪里来？不会从什么大的事情上来，一定是从最小的事情上来。所以，万科强调：

"我们1%的失误，对于客户而言，就是100%的损失"。

这种原则形成了万科的"客户无小事"理念。

华为的《致新员工书》在一名员工刚刚进入公司的时候，就向他宣布了公司是多么重视每一件细小的事情。

"机遇总是偏向于踏踏实实工作者。您想做专家吗？一律从工人做起，进入公司一周以后，博士、硕士、学士，以及在公司外取得的地位均已消失，一切凭实际才干定位，这在公司已经深入人心，为绝大多数人所接受。

您就需要从基层做起，在基层工作中打好基础、展示才干。公司永远不会提拔一个没有基层经验的人来做高级领导工作。遵照循序渐进的原则，每一个环节、每一级台阶对您的人生都有巨大的意义。不要蹉跎了岁月。

希望您丢掉速成的幻想，学习日本人的踏踏实实、德国人的一丝不苟的敬业精神。您想提高效益、待遇，只有把精力集中在一个有限的工作面上，才能熟能生巧、取得成功。现代社会，科学迅猛发展，真正精通某一项技术就已经很难了，您什么都想会、什么都想做，就意味着什么都不精通。您要十分认真地对待现在手中的任何一件工作，努力钻进去，兴趣自然在。逐渐积累您的记录，有系统、有分析地提出您的建议和观点。草率的提议，对您是不负责任，也浪费了别人的时间，特别是新来的员工，不要下车伊始，哇啦哇啦。要深入具体地分析实际情况，发现某个环节的问题找到解决的办法，踏踏实实、一点一滴地去做，不要哗众取宠。

实践改造了人，也造就了一代华为人，它充分地检验了您的才干和知识水平。只有不足之处不断暴露出来，您才会有进步。实践再实践，对青年学生尤其重要。惟有实践后再用理论去归纳总结，我们才会有飞跃有提高，才能造就一批业精于勤、行成于思，有真正动手能力、管理能力的干部。"

德胜洋楼的人恐怕对此更有体会,一次,德胜开发的苏州波特兰小镇一个住户家里进了老鼠,打电话到管家中心,管家中心自己的人手有限(一共只有三个),赶紧求助于其他科室的人,结果出现了几个科室的人(包括部门经理)"兴师动众"一起捉老鼠的场面。别人看了可能不解:公司有那么多的事情要做,干吗要这么多人去抓老鼠。德胜的蒋永生很轻描淡写地告诉我:客户那里无小事!

我问:"你们做这样的事情好像很有乐趣,不像是帮别人,倒像是主动的投入精力!"

他笑笑,没有说话!

不过,我从《德胜员工守则》中读到了其中的原因:

这个守则中辑录了聂圣哲的一个讲话,题目是:"拥有一份职业,一定要拥有一种荣耀感"

从发言中,我们能够看出,他是一个很讲究细节的人,很重视"小事"的管理者。他说:"我就看不得员工吃饭的时候有苍蝇。其实,对一般的公司来讲,这关我什么事情!我又不到你们那里吃饭。我就看不得员工洗澡不方便。甚至再过一两年，如果电容量的问题解决了，男员工的宿舍里也都装上空调，那夏天睡得多舒服呀！

×××是一位非常好的员工，大家一直对你评价很高，但是你把杭州房子的油漆搞得一塌糊涂，而且你是搞油漆出身，一摸就感觉不对。你要给我当面讲清楚。尽管你在南京、在无锡做得很好。

当我在外地出差的时候，傅玉珍给我打电话告诉我说树叶子掉了。我心里就很高兴。说明这树叶掉了她认为是重大的事情。确实，这在公司里是重大事情。你的环境里有一棵树的叶子全光了，那怎么对客人进行展示啊?!"

"像×××这么好的员工，昨天给我讲了一句话，说湖里的水放了，很深了，不是一般的深。你一句话很随便，可我是要来看的。一看，他胡说八道。那水不是一般的浅，很浅。说明那个坝就没有挖开，是雨水积的。你不要不服气，待会儿你去看一看。这个季节的水从来没有这么浅过的。我举这样一个例子，是要求你们讲每一句话都要负责任，一定把它搞很清楚。我们员工当中没有人认为×××会撒谎的吧? 他犯的是什么错误呢? 就是想当然。"

有人可能认为，这个聂圣哲怎么管得都是小事呢？这就是一个价值观问题，在德胜管理者看来，公司中没有小事，凡事将小事看的，就会做不好；凡事把小事当大事看的，才能将事情做好！因此，他认为的价值观是：

"拥有一份职业一定要拥有一种荣耀感。"

"工作要作为一种爱好去完成。"

"不要总觉得问题很简单，将简单的事情做得很到位是判断下属是否优秀的重要标准"。

无独有偶。台塑集团的创始人王永庆恰恰将这些经营管理过程中的小事称之为"本"，要求大家"追求点点滴滴的合理化"，其中不少是对于如何开好发票、食堂的伙食、报销的程序、具体的原材料等。

对此，王永庆有个比喻，这就好比一棵树，树的上面有树干枝叶，下面有根，根中有大根与中根，连接中根的还有很多细根。树的生长是靠细根吸收养分，经中根、大根而至整棵树，才能长得枝叶茂盛。而人们注意的，往往只是茂盛的枝叶，忽略了看不见的根部。因此，他要求必须不放过任何问题的细枝末节，凡事都要从细微末节着手，这才是求本精神的真谛。

拖延是恶习，优良业绩来自即刻行动

小时候，母亲讲过一个马阴阳与铃铛阁的传说。过去，我居住县城的西关有个铁塔，叫铃铛阁。今天，铃铛阁已经没有了，但那条大街还叫铃铛阁大街。

在传说中，马阴阳的算命可谓百发百中，不过，他的儿子不太以为然，说：爸爸，你给别人算得那么准，为什么你不给我们算算什么时候能够发财？马阴阳叹了口气："儿呀，不是我不能算，我已经算出你们发财的胆量，财富到了你面前，你也抓不到。"儿子很不服气："不可能，只要有机会，我肯定能发财。"马阴阳说："好吧，今天夜里 12 点，城西马路上要过 3 个人。你埋伏在那里袭击他们，如果你有胆量及时出击的话，你就会发大财，如果你不及时出击，你可能什么也得不到。"儿子听了，热血沸腾，说："老爸，您看好吧！"天刚刚黑下来，他就出发了，来到城西的马路上，早早地埋伏在路边。终于，夜里 12 点到了，儿子听到了"嘚嘚"的马蹄声，心中一喜"老爸算得还很准。"等那人来到近前，儿子傻了，此人金盔、金甲、金枪，威风凛凛。他心想：

这家伙，我可打不过，等下个人吧。过了一会儿，果真又有一人骑马而来，此人银盔、银甲、银枪，相貌堂堂。儿子一看就胆怯了，心想：老爸这不是害我吗！怎么都是这样的人呢？算了，反正还有第三个！那人渐渐远去了。过了不大一会儿，马蹄声急，一将催马而至，黑盔、黑甲、黑枪，凶神恶煞一般，儿子腿肚子直转筋：老爸是成心不让我活了！这都是些什么人呀！不过，没有选择了，管他三七二十一！打吧！他咬咬牙，跳出去，一声大喝，手中大棒轮了下去，只听"呼隆"一声，那人散了，原来是一堆废铁。儿子气急败坏地回了家，马阴阳忙问："怎么样？"儿子垂头丧气加埋怨地说："嗨！打了一堆废铁"，马阴阳长叹一声："你看，我没有说错吧！第一个人是一大堆黄金，第二个人是一堆白银，你却不敢出手，最后只能得到一堆废铁。你说是不是命中注定！"

后来，当地人用这一堆废铁，修了铁塔，起名"铃铛阁"，因为塔的顶端是一圈小铃铛，风一吹来，清脆的铃声可以传出十几公里，成为我们当地的一个"地标"。

现实里其实不乏马阴阳的儿子这样的人。几年前，我认识一位创业中的小公司董事总经理，他常常在我面前不断强调市场竞争的残酷性，不断强调销售的重要性，整天大发感慨，甚至不断地咨询别人做生意的诀窍，理论说起来一套套的。但是，在现实中，我问他几个问题：你拜访过几个大客户？你有没有比较详细的重点客户名单和相关信息？你一天花费多少时间考虑客户的需要？你一天花多少时间考虑销售策略问题？你与主要的客户建立了什么样的关系？……他语塞了！在半年多的时间里，他几乎没有几次拜访大客户或者可能产生订单的重要客户，几乎没有与重点客户的相关人员一起吃过一餐饭，每个周六周日都在家享受轻松的生活。

你说，他能够获得订单吗？很多人不是没有机会，也不是没有能力，而是缺乏足够的即刻行动力，总是希望天上能掉下个馅饼来，总是会说："哎呀，明天再说吧！"

鉴于此，心理专家们将人分为四种：

第一种是农夫式的。传统农夫的主动行动意识最为单薄，安于"谷雨前后，安瓜点豆"。其行动的哲学是"一切是命中注定，不要强求"。

第二种是医生式的。医生的特点是坐等病号，你来找我，我不求你，可谓"守株待兔"。一天到晚幻想中彩票、拾钱包，成为暴发户！

　　第三种是火车司机式的。火车司机严守"两点一线"，从甲地到乙地，一条线，两边的风景可以看一看，但也仅限于很窄的范围，其他的可能与己无关。

　　第四种是渔夫式的。他们的作业特点是关注鱼汛的变化，从不限制自己的视野，而且不不停息地到处撒网捞鱼。这种人的行动力最强！

　　在我看来，浙江的温州人、青田人就像第四种人。为什么那里的人那么富裕？当我接触了众多那里的朋友后发现，其实他们并没有什么绝招，也没有什么特殊的地方，只有一点是令人印象深刻的，那就是即刻的行动力，遇到事情，从不拖延，立刻行动，即使失败了，再来！他们中很多人的口头禅是：做了再说！青田县距离温州有一小时的车程，是一个非常偏僻的深山县城，但那里30万人口中的18万人是华侨，其中绝大部分在欧洲。他们中许多人在出国前对于国外和欧洲根本没有什么概念，就是想出去闯闯，也没有过多的考虑，起身就走。有着这样不可阻挡的行动力，想不富裕都不行。

　　勤劳之人多是行动力强的人，而懒惰之人的基本特征就是拖延。把前天该完成的事情拖延敷衍到后天，是一种很坏、很具腐蚀力的工作习惯，极具破坏力，是人们最危险的恶习，它使人丧失进取心、丢失尊严，将人带向堕落的深渊。

习惯性的拖延者通常是制造借口与托词的专家。如果一个人存心拖延，那就能找出一万条理由，而且每一条听起来都是真的，甚至确实是真的。

拖延是对生命的挥霍和不尊重，它像一只蹲在黑暗之中的怪兽，一旦你放松了警惕，它就出来吸食你的生命，而且往往你是主动让它吸收并陶醉其中，直至生命被吸食完毕！

有人误将拖延当成谨慎，其实他们两个是长得非常相似但却实质不同的人性特征，拖延是将应该立即做的事往后推迟，而谨慎是对于要做的事做好计划。那些患有"眼疾"的人和别有目的的人往往将两者混为一谈。

立刻动手做吧！

任何时候，当你感到拖延的恶习正悄悄地逼近你的时候，你要立即用这句话提醒自己，让自己摆脱这种人性的恶魔。

有责任心的人不会拖延，他们觉得生活正如莱特所形容的那样：

"骑着一辆脚踏车，不是保持平衡向前进，就是翻覆在地！"

老好人要不得，缺乏原则的
"好人"如同帮凶

我们对这样的现象如何评价：

一个人明明看到了一个小偷，不但不敢声张，甚至连帮着报警和提醒的事情都不愿做！

一个人明明看到了一个同事破坏了公司的一台设备，不仅不报告上级，反而为其百般遮掩！

一个人明明知道违反公司规定，仍然为了"朋友"两肋插刀，私自盗取公司的机密！

一个管理者明明看到了下属违规操作，仍然视而不见，免得别人丢面子！

恐怕这些现象很多人都遇到过吧！这就是一个好好先生的肖像！

缺乏了责任心的好人，人不是变得懦弱就是成为帮凶！

缺乏了原则的人，是一个没有道德底线的人！

德胜洋楼的聂圣哲很直率地说："蔑视程序的人永远是德胜的敌人！"

为此，德胜设立了制度督察官，专门负责纠正违反制度的情况。我在参观考察德胜期间，见到了两个督察官，让我吃惊的是，他们都那么年轻，都是20多岁，是刚刚毕业没有两年的大学生。我很好奇："你们这样年轻，有权威吗？如果他们不听你们的意见怎么办？不怕得罪人吗？"

一位年轻的督察官很认真地说："他们违反了制度，已经得罪了公司，我们没有好怕的！"我说："如果你碰到你们的上级，甚至公司领导违反制度，怎么办呢？"

他笑笑说："是很尴尬，但是我们仍然会坚持原则！"

我开始还不大相信，觉得可能是他们出于维护公司的面子才对我这样讲的，但是当我与一位督察官接触的时间长了以后，我发觉他们说得是对的，德胜是一个非常注重制度的公司，也是一个反对"老好人"的组织。

明基电通董事长李琨耀也直截了当地宣称：

必须塑造一个"让主管可以做坏人"的环境，因为要求人去执行是最难的，不做坏人不行。门卫就是一个很特殊的岗位！你还记得《天下无贼》电影中刘德华那句话吗？当他开车奔驰车出小区门的时候，小区门卫连问都不问，赶紧敬了个礼。刘德华看看他，说了一句："你要多注意呀，不要以为开好车的都是好人！"你说，要这样的门卫有意义吗？你说，他是个好人呢？还是个坏人？

工作就是责任

从人际关系的方面讲，他可能是个好人！要是从法律上讲，这就是个帮凶啊！让小偷从眼皮底下轻松过去；从工作的角度讲，这也是渎职呀！

我在邹城电厂讲课的时候，我发现，那里的门卫特别认真，仔细地检查着每个人的胸卡。我开玩笑地对培训中心负责人说：

"你们的门卫真负责呀！"

那个负责人来了兴致，给我讲了一个例子：

我们这里是只认牌子不认人！无论是谁，只要没有牌子，就不能进入厂区，除非是经过登记允许的客人。我们电厂的党委书记调到外面工作，担任了地方上的领导，一次，他来公司办事，因为他过去是主管保卫工作的，与保卫处的上上下下都很熟悉，因此，开着车，与门卫打了个招呼就要往里开，结果被一个熟悉的门卫拦住了，微笑着说：

"书记，您找谁呀？请您登记。"

书记一愣，有些尴尬，说："唉！你们怎么啦！你们不认识我吗？"

"对不起，书记，这是厂里的规定！"

"哎哟，我这才走了几天哪，你们就翻脸不认人啦!"

"对不起,这是规定,我们也没有办法!"

书记无奈,只好给里面打了个电话,登完记,才进去了!

事后,他谈起这件事来也是感慨万千,对邹城电厂的严格制度感到自豪。

这就是责任!

有了原则,才有责任。

很多年以前的一天深夜,一场大火烧毁了哈佛大学的图书馆,很多珍贵的书籍在大火中消失,这让很多人痛心疾首。然而,这场突发的火灾让一名普通学生进退两难。此前,他违反图书馆规定,悄悄把一位牧师捐赠的一本书带出馆外,准备阅读完后再偷偷地归还。可是,这场大火使这本书成为哈佛受捐的 250 本书中惟一留下来的珍本。怎么办? 这名学生经过一番激烈的思想斗争后,还是敲开了校长办公室的门,说明原因后,郑重地将书还给学校。校长的举动更让人吃惊,他收下书后对这名学生表示感谢,对学生的勇气和诚实予以褒奖,随后校长又把学生开除出校。

我们为那位学生的诚实与勇气表示尊敬,我们更向这位校长的原则性表示敬意。他告诉了我们：只有坚持原则，才有真正的责任心。

实际上，责任感的修炼是一条长路，也是一条心路，不复杂，但需要坚持！只要从现在做起，只要坚持下去，你一定是一位具有责任感的卓越成功者。

第五章

开凿一条责任感的河流

一个核心——培育责任价值观

五项行为：构建责任管理的启明星

一个核心——培育责任价值观

社会学家戴维斯说：放弃了自己应该承担的一份责任，就意味着放弃了自身在这个社会中更好生存的机会。放弃承担责任或者蔑视自身的责任，这就等于在可以自由通行的路上自设障碍，摔跤绊倒的也只能是自己。

如此可以得到一个结论：无论个人还是组织，要想走向成功，必须坚持塑造这样一个核心：培育责任价值观而不是其他。

我有一位成功的企业家朋友对"责任"进行的诠释是："责任即价值。"

他的观点是：

第一，只有承担责任，才有可能创造价值。无论价值大小，都是因为有人承担了责任才产生的。

第二，承担责任，是对自身价值的证明。你承担的责任越大，表明你的价值越大，社会和企业就越需要你。

第三，责任是回报的前提，首先不要想到自己能够得到什么，而应当想想自己承担了什么责任。

这是一位成功人士的现身说法，更是他人生经历和企业经验的沉淀剂结晶，对人不无启发。

工作就是责任！

在今日职场个人的成长中，在今天的组织成长中，是否具有和培育责任的价值观已经成为个体和组织生存状态的分水岭。

对个人而言，就要培育责任成才的价值观。

只有承担责任，才会被欣赏重用。人总要做一些事情，总要承担一些责任。在任何单位里成长最快的人，都是承担责任最大的人。经验来自于经历，这是一个非常朴素的真理，可惜很多人在实践中都没能很好地悟出这条真理的意义。当你属于一个组织或社会时，尤其是作为一个年轻的追梦者时，要知道看不见的经验比看得见的薪水更重要。被重用，不只是意味着更高的职位和更丰富的收益，还意味着承担更重的责任。

勇于承担责任，才会被机会垂青。只要我们选择了一份工作，我们就要以事业之心做好它。或许你在工作之初有些不适应，但是喜欢不喜欢这份工作是一回事，应不应该做好这份工作是另一回事。要想成就事业，就要从做好本职工作开始。

爱默生说：只有肤浅的人相信运气。坚强的人相信凡事有果必有因，一切事物皆有规则。要怎么收获先怎么播种，这比坐待好运从天而降可靠多了。满怀激情地投入到工作之中，积极争取、自我实现，要明白一个道理，只有适应职业才能成就事业，只有做好眼下，机会才会降临，只有认真负责，别人才会给你信任和期待。

敢于承担责任，才会被他人尊重。在长期的企业管理咨询中，在与企业家朋友的交往中，我深深感觉到一个敢于承担责任的人在企业家眼中的分量和意义。他们毫不回避地断言：我缺的不是聪明人和有学识的人，我最缺乏的是敢于承担责任的人，这种人也是最值得尊敬的员工。

而对组织而言，就要塑造责任第一的人才价值观。

无论学识、能力与经验的高低，只要以"责任能力"和"责任心"有效地承担起了自己的责任岗位，就是组织里的人才——这是责任型企业组织评价人才的观念。对于责任型企业组织来说，人才不是学历、不是知识、不是年龄甚至不是经验，而是"责任能力"！如果一个初中毕业的、流水线上的员工，总是能保质保量的、百分之百地完成和实现自己的岗位责任和任务，那他就是企业组织里的人才。如果某个高学历中层管理者，却总是"善于"站在企业之外去对企业指手画脚，并由此"忽略"了自己的岗位责任，无论他是多么的才华横溢，对于企业责任有效运营来说，他只是个"破坏者"。

五项行为：构建责任管理的启明星

1. 培育责任的胜任力

不仅要有责任价值观的意识和理念，更要有责任的胜任力。因此，对于职场中人，要善于承担责任。责任的胜任力不是天生就有的，它是一个逐渐培养形成的过程。

负责任是一种职业生存方式，负责任的能力就是从自己做起、从现职做起。如果你选择了为一个单位或公司工作，那就真诚地、负责地为它工作吧；如果它给你机会，付给你薪水，那就承担吧，感激它并和它站在一起。

一个人能取得多大的成功，源于他有多大的责任心。只有拥有责任心，才能敬业，才能磨炼才干；才能促进职业成长；才更能创造更好的工作机遇。责任心，首先就是对工作和岗位无限忠诚的投入。

在现实中，很多年轻人都有一种"担心"——如果我为老板做了这么多，我能得到多大的回报？我是不是吃了亏？这种假设，是一种致命的毒药，它会让人纠缠于眼前小利而懈怠委靡，让自己丧失培育责任能力的机会，从而耽误自己的成长机会！

在我服务过的一个企业中，有这样一个故事，那是2002年底，它的一家合资公司率先落户某工业园区。当时的园区沟壑纵横，杂草丛生，连一条简易的道路也没有。特别是在设备安装阶段，阴雨连绵，数日不晴，整个工地都成了一个大泥沼。为确保投产日期，在当时泥泞难当，叉车无法作业的情况下，大家肩抬手扛，将设备按要求运送到指定地点。这段日子里，在一个叫成军的工人身上发生了一个小故事，至今仍让人感动。

当时，成军等四人抬着一台电气柜，在深及脚踝的烂泥地里缓慢前行。正走着就听见成军"哎哟"叫了一声，和他同在电气柜后面的另一位工人低头一看，忍不住倒吸一口凉气——只见成军的脚正踩在一块不知猴年马月扔在那儿的木板上，上面一根生锈的铁钉赫然已穿透脚背！

当时，电气柜不能放在潮湿的地上，这位工人正要大声呼叫，成军摆了摆手，只是叫前面的同伴等一下，然后他抬起没有受伤的脚踩在木板上，受伤的脚猛力一抬，这位工人只觉得肩头一沉，连忙伸出手在成军腋下一托，成军皱了皱眉，咬了咬牙："没事，走吧！"这一百多米路程，是成军有生以来最难走的路，那泥泞路上的步步血迹，说明着这家企业的责任培育。

大家都是平凡人，但为什么会在一瞬间迸发出英雄般的行为火花？表现出连自己都想不到的勇气和力量？这是责任心在长期积累后自然结出的结果——责任力。

2. 造就责任文化气氛

对一家组织，不论是企业还是其他，要培育组织成员的责任感，就必须造就责任文化的氛围，通过文化的建设实现组织软环境的建设。作为一家企业，其文化的根本在于责任，包括员工的责任、管理者的责任、老板的责任。责任文化是企业文化最通俗、最直接、最根本的阐释，是企业文化的核心。

责任文化可以锻造企业的灵魂。没有责任心的员工不是合格的员工！没有责任心的经理人不是合格的经理人！没有责任心的企业家不是合格的企业家！没有责任心的企业不是合格的企业！履行责任，责任可以保证一切，责任文化可以成就事业！有了责任的依托，企业文化才有保障；有了责任的真切，企业文化才不会徒有虚名。

工作就是责任

那么我们如何才能建立起有效的责任文化呢？

● 责任文化，就是要造就成员敢于并愿意承担责任

建立追究责任的制度体系的真正目的在于教育当事人，让他反省思过，教育他改进提高，不会为了处理人而处理人。人无完人，谁都难免有过失。有了过失并不可怕，可怕的是不敢为自己的过失承担责任。在很多时候，过失给单位造成了损失，员工并没有能力赔偿这份损失，上司来调查前因后果，也不是要员工掏钱来赔，而是想让员工认识到问题的严重性，希望员工不要第二次出现这样的过失。作为企业领导，必须培养宽容的个性和宽阔的胸怀，能容人、容言、容事。

● 责任文化，就是要建立起关于责任的沟通体系

对工作负责就是敬业，对企业负责就是忠诚，对客户负责和合作者负责就是守信，这是每个员工都要铭记的信条。员工是企业的基础，经常与员工进行责任沟通，不仅可以获得更多有利于制定决策的信息，而且还能与员工保持融洽的关系，有助于提高员工的工作热情和对企业的责任感和忠诚度。通过对相关岗位角色所承担责任的沟通，明晰相关责任，建立员工的责任心和组织的

责任氛围和文化。

● 责任文化，就是要授权授权再授权

授权是一种充分的信任，用人不疑。将权力赋予下属即向下属表达了这样一个信息：即对他的能力是充分信任的，"你办事我放心"。从而在主观和客观上造就了员工培养责任的习惯。

领导者要避免承担所有责任，要形成按比例承担责任，否则，我们会认为员工没有接受承担新责任的能力。结果我们常常主动承担更多的责任。当责任越来越重时，对于那些心怀恐惧的同事，我们又开始嫌弃他们的依赖感太强。放不开手脚的管理者坚持一人大梁独挑，属下惟命是从，但不做任何决策，不负任何责任，终将导致一人"演戏"、众人"欣赏"的局面。最后，从客观上削弱了下属员工承担责任的意识和能力。

授权是管理过程中的关键环节。对于一个成熟的企业家而言，授权要求领导者必须鼓励员工或者被授权的管理者勇于承担责任。方太厨具的领头雁茅忠群就是个崇尚授权并在实践中成功实现授权的管理者。他认为：授权就是最大的责任。

方太经理人对此最有发言权。集成厨房事业部总经

理对于茅忠群谈的授权有着直接的感受，他说："最近有许多同事来找我申请批准一些事项，并都带着行动方案和办法，这证明我们的员工开始积极思索并承担责任，以此来推进事业部业务及其组织的发展进程。这是非常可喜的变化。"

有人问茅忠群，授权太多是不是影响了公司的控制力？他的回答很干脆：我觉得在某种意义上，信任就是一种控制。或者说它是最好的一种控制。你充分信任他，给他放权，给他发展的空间，他会很容易产生心理契约。那么一旦心理契约形成以后，他就能够有一种自律行为，他就会产生一种控制。有了这种控制，他就能够和企业产生一种心理契约——当然，在茅忠群的充分信任气氛中，一批高层的经理人也就在这种信任中成为管理的榜样，老陈应该是其中的代表之一。他的口头禅就是"老板的信任就是对我最严格的要求"。

• 责任文化，就是要承担并忍受过失

越是勇于承担责任，越是可能造成失败；只有不承担责任，才不会出现所谓的失败——一个鼓励承担责任的责任型企业组织，需要建立的是"包容失败"的企业文化。

工作就是责任

在日常工作中，我们承认金无足赤，人无完人，优点突出的人往往缺点也很明显。因此，鼓励员工承担责任的企业会允许员工犯错，但不原谅重复同样的错误。这一切构成了企业组织独有的宽容文化。

责任价值观的本质是鼓励"勇于承担责任"——只要承担责任，就有可能会因责任承担而导致失败；责任与失败之间是正比例的关系，想要永不失败的方法只有一个，那就是：永不承担责任！正是因为承担责任就可能意味着面临失败，因此，包容失败就成了企业组织管理的必需，否则将无人承担责任。

而茅忠群的体会是，必须开明开放，必须大胆、认真放权与授权。

首先，要做到大胆放。领导者对下属要信任，不要怕下属乱用权、用不好权或无能力用权。即使下属初始用权时，出了差错，也应善意地给他指出，原谅他，领导者要大度，要关心、信任下属。第二，要认真放，放权也应有权限，应该制度化，应该掂量哪些应该放，哪些不该放。第三，还应该有监督、考验机制来保证下属用好权。放权、授权不仅是给下属的一种信任，也是自己对事无巨细工作的一种解脱。要知道，一个企业，只有大家尽力了，积极性调动了，这个企业才能搞好，你

工作就是责任

一个人能力再强，如果下属不配合，不主动，纵使你有三头六臂也无法开展工作。授权也是一种激励，是满足下属实现自我价值的一种激励，从某种意义上说，比物质激励还重要。

但是，被授权者的素质是非常重要的。有一个下属讲得很好，你给了我权力，我反而睡不着觉，因为我要对你更负责，要更体现我的忠诚与能力，我要千方百计地动脑筋，原来没有授权，反而很省心，你说什么，我就干什么。

这种特点鲜明的授权观，表面上看来似乎是"放羊"，但茅忠群认为"这是最大的责任"，而且实践也在证明着他的正确。

建立"包容失败"的企业文化，就是要给责任承担者以"失败的权力"，让承担责任的失败者能够"安全着陆"。当然，企业对于"失败"的包容，是有原则的包容——包容的原则就是：只包容因勇于承担责任而造成的失败。每当我们包容一次失败、谅解一个失败者，其实，我们都是在鼓励其他责任承担者，勇于承担责任的勇气和信心——我们所包容和谅解的，只限于因勇于承担责任而失败的失败者；我们绝不包容和谅解推卸责任而造成失败的失败者！

• 责任文化，就是要用"责任"来衡量价值

用责任即责任心和责任感来衡量员工的价值而不是其他，成为责任文化衡量绩效非常重要的内涵。约翰·洛克菲勒说过：工作是一个施展自己才能的舞台。我们寒窗苦读学来的知识，我们的应变能力，我们的决断力，我们的适应能力以及我们的协调能力都将在这样的一个舞台上得到展示。除了工作，没有哪项活动能提供如此高度的充实自我、表达自我的机会以及如此强的个人使命感和一种活着的理由。工作的质量往往决定生活的质量。

有了责任心，才能有激情，有忠诚，有奉献，才有成就一切事业的可能。

高度的责任心永远是组织最宝贵的财富，它是评价一个人是否成为合格者的首要标准，它是组织走向强大和成功的发源地。

• 只有承担责任才有承担更大责任的机会

工作可能很辛苦，但是，你以什么样的态度对待工作，其主观感受会有很大不同。你是否能在辛苦的工作中寻求到快乐呢？你可能会说这很难，因为你工作一天之后确实已经感到很累了。但是，只要你对待自己的工

作怀有一颗事业之心就不同了，把它当作进步的阶梯和机会，把它当作自己事业的锻炼和积累，你才会富有激情和责任。正是这种情绪，才为你的成长和成功创造了价值。

成功者找方法，失败者找借口。如果一个机会触手可及，每个人都可以轻易拿到手，那么，这个机会绝对不可能是什么宝贵的机会。机会是开在荆棘丛中的鲜花，对于工作而言，最艰苦的环境中，常常隐藏着最宝贵的机会。

承担更多的责任要求更多的主动性，但是由于你缺乏自信，又没有承担责任的准备。你不喜欢这种状态，但是心中又太过矛盾而没有采取任何行动，最后只能让自己慢慢地陷入一个恶性循环。

陷入这种逃避责任的状态可算是一个严重的问题，而且通常会成为意志消沉的一个诱因。这种心态以不断加强的自我否定来滋养自己，直到你觉得自己永远陷入了一种恶性循环的状态。

如果只是一时顺畅，有可能是运气，而时时顺畅，就不是运气问题了。它靠的是良好的职业品质。富有责任感是所有职业品质中最重要的，也是最根本的。到哪儿去把握机会呢？给了我们一个很简单的答案，那就是承担责任。如果把责任视为负担，你就一定会感到工作如同苦役，而当你认清了责任的本质就是机会的时候，你会感到工作无比快乐，工作就是成就人生价值的金光大道。

责任就是机会，想把握机会，你必须做到两点：最基本的一点，做好上级安排你做的事情，并及时回复上级；最重要的一点，在上级安排你做的事情之前，就主动把事情做好，当上级过问这件事情时，把结果汇报给他。

● 只有结果不明朗时才能衡量你的责任力

恐惧使人们谨慎从事，当局面不清楚的时候，人们会遇到很大的心理挑战和麻烦。如果给他们订的目标很清晰，让他们独自负责，而这些工作成功的可能性又很高，人们不大会害怕。相反，如果人们不得不处理复杂的局面，而这些工作的目标之间的关系错综复杂，失败的可能性又较大，人们就会十分的担心。

真正的财富是员工敢于创新并善于创新，与此同时，承担相应的责任。这个问题事实上首先不是一个现实的员工行为，更大意义上，是员工的一种理念和态度导向。

企业家罗伯特·威尔兹说：在公司里，员工与员工之间在竞争智慧和能力时，更在竞争态度。一个人的态度直接决定了他的行为，决定了他对待工作是尽心尽力还是敷衍了事，是安于现状还是积极进取。

● **企业组织要通过制度建立责任系统**

责任体系和机制是一个长期建立和完善的过程，但自始至终都有一个目标：长期持久地保持员工的责任导向和责任感。同时只有通过不断的责任力和责任行为，才能对抗责任逃避症。

为了避免组织员工承担过大责任的压力而逃避的风险，可行的办法是，把整个的责任分散开来，这样员工就能负起责任，对成功也相对有理由更有信心。员工在分管的小责任区域里更有把握取得成功，这样责任体系就会得到有效的解决。

● **敢于承担的人是领导首先考虑的人**

俗话说，种瓜得瓜，种豆得豆。从长远看，工作对于每个人都是公平的，你付出什么，就会得到什么。刚入公司，大家都站在同一起跑线上，而不同的工作态度使同事之间到最后产生了很大差异。把职业当成事业去认真经营的更容易脱颖而出，同时，负责和出色的工作为得到众人的肯定，个人能力不断提升，反过来又会得到更多的机会和尊重。

作为企业员工，"当感恩"，因为只有感恩心态，使我们胸怀宽广，感恩心态，使我们积极向上。为了实现自己的尽快成长，去除打工仔心态，不是为老板打工，而是在为自己打工。干一行爱一行，在不同的岗位上发出不同的光彩，在任何一个岗位，都能承担，做出成绩来。以主人心态工作，把自己的激情和责任心融入自己的工作。工作有收获、能力得提升，价值会放大。

● 对待工作要大声说：这是"我"的责任

对工作负责就是对成长负责。担当责任，自尊自爱，实现人生，在工作中成长。在人生和工作的道路上，我们主张做事先做人：做一个能担当的人，一个有责任感的人，做一个受人尊敬的人。为了自我的成长进步和未来的事业空间，要坚忍不拔、奋发向上。在日常生活和工作中，要学会调整自我，将成功的喜悦，当作是对自己的最大奖赏，这种自我激励的思想和人生观，会使人感受到生命的真正意义。在为优秀的民营企业新奥集团提供企业文化服务中，听到下面一段对话：

工作就是责任

小王："在新奥这些日子，我在公司里听到最多的词，你猜是什么？"

老王："加班。"

小王："还真是，你说也真邪了，下了班就有那么多人不走。"

老王："在新奥，员工自觉加班是非常正常的事，只要工作任务没有完成，没有人会因为下班时间到了而离开，只有任务完成了的时候才是真正的下班时间。有时候一个项目组连续在单位工作三四天也是可能的。"

小王："新奥人以前是不是也是这样敬业？"

老王："说起来，这是新奥的老传统，在创业时期，比如说1993年廊坊开发区高压管线大会战期间，大家没日没夜地干，很多人连续在工地上工作三四个昼夜，没人喊苦也没人叫累，有的人实在熬不住了骑着自行车就睡着了，结果摔了一大跤。"

小王："以前人们就老说单位职工要发扬主人翁精神，但也没见有多少主人翁，怎么新奥就能出这么多主人翁呢？"

老王："不是单位一吆喝，大家就都自动成了主人翁，关键是看单位是不是把职工当主人翁对待。新奥有这么多敬业的人，下了班不回家，回了家还想着公司的事，主要是因为在新奥人眼里，在这儿干，值，有前途。"

小王："可是我们当中也有一些新来的大学生整天愤愤不平，认为公司不重用自己。按他们的说法是，公司给我多少钱，我就干多少事；你不用我，我就歇着。当然，他们是觉得公司给他们的钱还不足以让他们成为主人翁。"

胡总(集团副总裁)："大学生刚来公司上班，肯定工资水平不如老员工。可是他们又确实是有基础、有实力，这看似矛盾，实际上也正常，一个人有知识并不一定代表有能力，只有在实际工作中表现出了你的能力，才能获得你理想的收入。再说了，就算你有能力，如果不用，也等于没有。如果老是愤愤不平，要不了两年，你就会堕于平庸。天天愤愤不平，哪里还有心思琢磨、善待手中的工作？长久不用，脑袋自然要生锈！社会上有许多所谓才子就是这样一天一天废掉武功的！这些人天天义愤填膺，根本无心工作，实际上是大事做不来、小事不愿做。单位不用他，他就愤愤不平；等真要起用他，他又拿不起来，最后只能碌碌无为。"

小王："那么，我们新来的人应该怎么对待这个多少有点儿难受的阶段呢？"

工作就是责任

胡总："千万不要抱着你说的那种'给我多少钱，我就干多少事'的观念，也就是通常所说的'有能力不用'或'留一手'。给你讲个故事：一个大学生对自己的公司不满，想走，他的一个朋友说，'你现在走太便宜公司了，你应该趁着在公司的机会，拼命为公司拉一些客户，成为公司独当一面的核心员工，然后带着这些客户突然离开，公司就会受到重大损失，非常被动，那才叫过瘾。'这个大学生觉得他朋友说的有道理，于是努力工作，一年以后，他果然有了许多的忠实客户。你猜，这个大学生辞职了吗？"

小王："不好说。"

胡总："当这个大学生的朋友和他见面时，说：'现在是时候了，你可以辞职了。'这个大学生却说：'我已经不打算辞职了，因为老总看我工作有成绩，准备提升我做他的助理。'"

小王："你这个故事真是有意思。俗话说得好'没有付出就没有收获'，这句话真是有道理。"

老王："重要的是不要老觉得是为别人、为老板工作，实际上更重要的是，我们是为自己工作，只有你把企业的工作当作是自己的事业，自己和企业才有可能获得双丰收。"

这种"首先是为自己打工，然后才是为老板打工"的态度很好地处理了自己与组织之间的关系。在工作中"立主人志，尽主人责，操主人心，说主人话，办主人事，干主人活，用主人权，受主人益，享主人乐。"这种对工作的负责就是对自己的成长负责。无数事实表明，严于律己、敢于负责其实是一种修为、一种素质，自我迁就、自我放任虽然也影响到企业，但更重要的是对自己的成长不利。因为责任所以坚持，谁都有过山穷水尽的时候，但经过思考，想尽办法，坚持，坚持，才会有新的气象。

对他人负责就是对自己负责。如前所述，不管人们的认识程度怎么样，但尊重敢于承担责任的人却是大家共同的行为。当一个人敢于承担责任，他就拥有了号召力，拥有了威信，进而获得大家的拥戴。只有当两个或两个以上的人为做出某种选择而共同分担有意义的责任时，才称得上是协作。共同分担是根据各方的决策能力高低来分配责任。如果没有其他合作者的付出，一方不可能单独而连贯地完成任务。协作是共同负责，而不是我管你不管，或你管我不管。责任来了，无论是否有明晰的界定和归属，承担起来，你才是一个有价值的人。从而也为自己的成长增砖添瓦。应该坚信，没有团队的成功就没有个人价值的实现，没有团队的协同就没有强大的组织执行力。而团队的成功必须依赖每一位员工对责任的承担，团队的协同必须依赖于每位员工对结果导向的追求。

对过程负责就是对结果负责。我们说"这是我的责任"并不是"事前拍脑袋、事中拍胸脯、事后拍屁股"式的"三拍"式"口头上负责"。我们主张对过程负责就是对结果负责。对过程负责就是从小事做起，一丝不苟，追求卓越。小事是"过程"，"大事"是结果。大是由小演变而来的，小事做不好的人，大事也一定做不了。所以，必须养成做事认真的习惯，在过程中承担责任，把事情做好。重视细节、重视过程是具有责任心和责任力的表现。做事就是做人，做人先做小事。不管是企业还个人，能不能做小事，能把事情做得细致到什么程度，是文明水准的标志，是素质的体现。企业的兴衰，员工的素质，都可以从小事中发现端倪。认识到做好小事的重要性、养成做好小事的习惯，是达到完美境界的起点。一个人、一个组织的责任心和责任感就是在重视小事、做好细节中展示出来的，社会公众或组织通过点点滴滴的小事发现了某个企业或某个人、认识了，随之而来的就是信任。

就责任而言，工作中没有小事。任何一件事情，无论大小，都可能关系全局的失败。如果你能够把某一岗位上的每一件小事做好，你将成为一名优秀的职员，如果你能够把公司某个部门的事情做好，你将成为一位优秀的部门经理，如果你能够把公司中的事情做好，你将成为一位优秀的总经理。做一个做事追求完美的人，抓小促大的目的就是培养做事的严谨性。只有能将小事做到位的人，才有可能成就大事。面对每一件事情，我们都应该抱着良好的积极心态去做，即使是做那些表面上看是小事的事情，也应该用做大事的心态去处理。广泛流传一句话"把简单的事情做好就是不简单，把平凡的事情做好就是不平凡"说的就是这个道理。

3. 实施责任管理

• 将员工按照责任力进行分类

纵观各种组织(包括企业)通常有三类人：

第一类人是不用他人安排，就自动自发找事情做；

第二类人是别人安排他做事情，他才开始做事情；

第三类人是别人安排他做事情，他也未必做，或者做的时候大打折扣。

各种信息表明：第一类人总是迅速成长起来，成为老板的得力助手。领导打心里喜欢他们。他们甚至会成长为企业的股东，与老板分享企业利益。

第二类人是企业中的大多数，他们更容易计较个人得失，抱着拿多少钱做多少事的心态，满足于"基本合格"。这类人很难受到领导的重视，但领导又需要他们为企业做事，于是老板会任命一些人去管理他们，成为一般员工。

第三类人注定要被企业淘汰，他们是企业的多余人，甚至成为企业的负担，他们不能为企业带来效益，还浪费大量的资源。

有一次，我在一家国有企业碰到一位年近50岁的业务员，他在企业已经很有名了，连续九次取得了销售前十名的成绩，有房有车，衣食无忧，但仍在努力奋斗。

为什么要奋斗呢？他说："每当我想起董事长刚到企业时，为我公正地解决了后顾之忧，以及慈祥长者般的谆谆教诲，我怎能辜负厚望?！每当回忆起各位老总不为自己，不辞辛苦，多次来客户处帮助解决难题，付出了很多艰辛努力，我有什么理由不奋斗？每当听到同事深夜孩子生病都顾不上，为赶制标书而发来的传真声，我有何脸面不奋斗？每当看到电气公司一流的现场管理和售前售后服务，以及发货部门和车间广大员工不论严冬酷暑，都在为企业勤勤恳恳地工作，我能安心不奋斗吗？"

有人说："过几年就五十岁了，已经是'奔五'的人了，还能英雄几年，何苦呢，急流勇退，见好就收吧。"

他说"奔五怎么了，奔五就是计算机新一代中央处理器，速度比奔四、奔三还快呢。奔五怎么了，奔五不就是多添几根白发、几道皱纹，在脸上留下沧桑的痕迹吗？女人因为有人欣赏而美丽，男人因为经历沧桑而有内涵。朱德墉讲过：'男人的皱纹就是男人的魅力所在'。只有奋斗，心才会不老；只有通过奋斗，人才会有精神；只有勤于奋斗，人生才有价值。我是一位老销售员，不是老头子的'老'，是老虎的'老'，为了大家期待的目光，为了兑现我承诺的目标，我一定会奋斗的！老骥伏坜志千里，拼搏商场苦为乐！"

这就是责任的魅力，他是第一类员工，是一个组织的宝贝。只有具有强烈责任和奋斗意识的人才能成为组织内积极、健康、向上风气的带动者，成为组织里的标杆，带动团队实现人生的意义和企业的价值目标。失败者抱怨别人，成功者反思自己。解决自己的问题，总比解决别人的问题更容易——在不能改变领导时，他们总是改变自己。要重用第一类人，引导第二类人，淘汰第三类。

• 与员工进行责任主题的沟通

并不是每个人都能清楚地意识到自己身上的责任，工作中常常见到很多不负责任、在其位不谋其事的人。在一个企业里，往往会有一些员工认为，只有那些拥有权力的人才有责任。而自己是一名普通员工，没什么责任而言。一旦出现什么错误，有权力的人理应承担责任。

这是一个极大的误区。没有意识到责任是对责任的另一种逃避。所以，企业领导者有必要强调责任的意义，让每个员工都认识到自己承担企业责任的事实，要通过沟通实现责任认知。这不仅有利于组织的成功，客观上，对员工的成长贡献很大。

如果你的员工在反复强调之后，还是没有责任意识，依旧我行我素，那么就不能再留用。一个没有责任感的人，不但不会忧企业之忧，想企业所想，而且会让企业的利益受到损害。他们就是企业的潜在危机，随时可能给企业带来损失。

要有意识进行责任引导和责任对话，帮助与员工成长。责任对话的目的不应该是决定由谁来负责，而是应该对责任进行分配，从而使得分配给每一方的责任都与他们的能力相符。这是惟一一种能充分利用每个人的决策能力的方法。

这些对话还应该建立起发自内心的参与感和责任感。最终，还要使相关的各方都能产生一种为了集体的总目标而通力合作，相互支持的意愿。

日本松下电器总裁松下幸之助以最会栽培人才而出名。

有一次，松下幸之助对他公司的一位部门经理说："我每天要做很多决定，并要批准他人的很多决定。但实际上只有40%的决策是我真正认同的，余下的60%都是我有所保留的，或者是我觉得只是过得去的。"

经理觉得很惊讶，假使松下不同意，大可一口否决就行了。

"你不可以对任何事都说不，对于那些你认为算是过得去的计划，你大可在实行过程中指导他们，使他们重新回到你所预期的轨迹。我想一个领导人有时应该接受他不喜欢的事，因为任何人都不喜欢被否定。"

工作就是责任

作为一名领导，你必须懂得加强人的信心，切不可动不动就打击你下属的积极性。应极力避免用"你不行、你不会、你不知道、也许"这些字眼，而要经常对你的下属说"你行、你一定会、你一定要、你会和你知道"。

信心对人的成功极为重要，懂得加强部属信心的领导，既是在给你的部属打气，更是在帮助你自己获取成功。

管理不是独裁，在从事企业管理之际，尊重人权，重视个体，友善地询问和关切地聆听相当重要。

为了整体目标的实现，组织要充分调动一切资源，勤于责任沟通。企业组织本身是一个复杂的协作系统，它需要不断的"沟通"，为了实现责任的承担，"沟通"本身需要成为必需的责任。

在过去，"沟通"一直被当作道德层面的个人品德修养，而不是被当作一种"必需的责任"来看待。企业组织是一个由人组成的集体，它的有效性来自于团结与协作；企业组织需要呈现出公开与透明的状态，它的目的是消除种种的不理解、误会、矛盾等影响了管理有效性的现象。沟通就是期望就某些问题消除分歧、达成共识，使个人目标和组织目标趋向于一致，这是责任管理的必需。

● 责任链是绩效考核关键因素

现在，企业中都在使用各种绩效手段或工具，千方百计提升绩效水平。然而却忘却了绩效根本——责任的考量。

没有孤零零的、独立存在的责任！组织里的责任是以环环相扣、纵横交错的网络状态，组成了企业组织里的完整和系统的"责任链"。

企业组织的动力与效率，来自于互为责任、相互牵制的"责任链"。企业组织岗位与岗位之间、员工与员工之间，是责任与责任的关系，他们之间就犹如一台高速运转的机器中一个个相互咬合的齿轮，每一个齿轮的责任，都直接面向了与自己咬合的、上下左右的齿轮，如果某一个责任环节缺失了责任，譬如大齿轮责任缺失，将导致整个机器停止运行。

德鲁克十分深邃地提醒：责任保证绩效。责任和绩效之间是正比关系，当一方面提高时，另一方面也提高，反之，就下降。所以，要提高工作绩效，首先要确保员工的责任感并有能力承担相应的责任。

毫无疑问，一个责任型的企业，会站在责任型组织的高度，去看待企业里所有存在着的"责任"。每一个看似独立的责任，都与上下、左右的关联者构成了"直接责任链"; 同时, 也与企业的总体责任使命构成了"间接责任链"。确立每一个岗位或职务的责任, 都必须将它置于责任链中去观察和明确; 也正是因为所有的岗位或职务责任, 都存在于责任链中, 所以每一个岗位或职务的责任, 都必须被清晰、明确和承担起来。如果一个岗位或职务的责任模糊混乱, 或是责任清晰而责任者没有承担起责任来, 企业组织的"责任链", 就会像多米诺骨牌一样倒塌下去。

正是这些纵横交错的责任网络, 构成了企业组织的结构化责任体系。对企业组织结构以责任为原则进行重新设计, 就是要把企业组织的责任使命, 划分为若干个责任性质不同的责任单位(不是权利单位), 然后再把这些责任单位组合成若干个部门, 并以此来确定和配置各部门和岗位的权力和利益, 这是因为责任的出现和责任承担的需要而出现的。

- **岗位是企业组织的责任单位**

在一家企业中, 员工责任感的高低在很大程度上能够决定企业的命运。企业的领导者有责任让员工明白自己所做的工作所承担的责任, 领导者如果忽视对员工责任感的培训与沟通, 那么他首先为企业埋下了危机。这是领导者缺乏责任的标志，是失职。因为作为企业领导者，有这种责任，即让你的员工知道，员工每个人都分担着企业的一份责任，这份责任的实现与否关系着企业组织的生存。其中，员工首先要面对岗位责任。

前面谈到我们曾服务过的一家上市公司。有个绰号叫"闷葫芦"的员工就很能说明我们的主张：

不知道他的真实姓名，大家说他是"闷葫芦"，因为他一天到晚也讲不了几句话，只知埋头干活推盘具。

有人说他是"呆子"。因为谁都知道特缆综合组最苦的活就是推盘具，特缆每月生产电缆约2000盘，当然也就需要大概2000只盘具，"闷葫芦"每天运送的盘具约有30～40只左右。从木盘厂到特缆制造部，至少需要转四个弯，每一个弯，"闷葫芦"都要转动40次盘具。他每运送一次，至少需要转动盘具160次。日复一日，年复一年，从他开始干这项工作至今，制造部领导已经换了好几任，而他却一直在这个岗位上兢兢业业地工作着，从未向领导提过任何额外要求，特缆制造部也从未因为盘具问题而延误生产。

也有人说他是"怪人"。就算雷阵雨来了，天上电闪雷鸣，地上热浪袭人，豆大的雨点落在地上噼啪作响，公司通道的路上几乎没有人，但是只要有特缆的盘具在路上，你准会看到"闷葫芦"在奋力地推动盘具。让他躲一下雨，他却说："机台工人等着盘具用呢。"简简单单的一句话，虽不是豪言壮语，却那样震撼人心！

每个岗位都有重要的责任，企业里真正的人才就是忠实于岗位的人才，能把岗位责任一点一滴、一月一年地坚持做好做到位的人就是最可爱的企业人。

责任型组织的责任驱动是这样形成的：当企业组织的责任使命，被赋予了有效的岗位或职务后，各个岗位或职务的责任之间就以直接或间接的形式，形成了环环相扣、相互依存、互为责任的"责任链"，每一个岗位和职务都是驱动力，每一个岗位和职务都被驱动着，以此形成组织源源不断的动力和效率。如果不能形成企业组织共同的责任价值观的认同与共识，譬如出现了有的听命于权利，有的面向个人利益，有的只关注自己的责任而无视其他人的责任，企业将会由此变得混乱不堪。

要证明自己，表现自己，首先就要在自己的岗位上比有些其他员工更愿意承担责任，愿意多做工作，愿意走在别人的前面，愿意面对困难，这些，都是一个员工应当具备的好品质。总之，你如果表现得与众不同，你的机会也就与众不同。比尔·盖茨为什么那么成功？听听他关于责任的一句话你就明白了："如果你有很强的责任感，能够接收别人不愿意接受的工作，并且从中体会到付出的乐趣，那你就能够克服困难，达到他们没法达到的境界，并得到应有的回报。"

4. 构建责任组织体系

• 岗位责任是工作的基础

对于组织而言，对如何分配责任进行讨论。你会发现：第一，并非所有的问题都是相似的，因此无法实行一成不变的责任划分。第二，每个经理都处在不同的个人发展阶段。有经验的经理人所能够承担的解决问题的责任就比那些还有待进一步提高的经理人要多。

无论是企业组织资产所有者的权力，还是高层管理者或部门岗位的权力，其本质都是在承担或分担"责任"。企业组织的整体责任使命，并非一个岗位或一个人所能实现和完成，因此需要将"责任"以"责任分工"的形式，由各个职务或岗位上的人员分别承担，共同实现企业组织的责任使命。

岗位或职务，是企业组织"责任体系"中最基本的责任单位。所以会出现岗位或职务，是因为企业组织的使命，常常是非一个独立的个人所能完成的，它需要共同的协作和合作来完成，所以才会出现了责任的分工和委托——是分工和委托产生了岗位或职务；换句话说，岗位或职务只因责任承担的需要而出现，而不会因权力和利益而出现。

如果一个企业组织承担起了自己所有的、必需的责任，那么，企业组织的利润就必须会随责任的承担而出现！当我们说某人被赋予了责任时，其实是在说某人被分配到了承担具体责任的岗位或职务上，而不是在说将责任授予了某人——责任是脱离了权力和个人的客观存在。当某人离开某个岗位时，人虽然走了，责任却无法带走而依旧留在了岗位上。

"岗位"是企业组织里最基本的"责任单位"。企业组织里的岗位和职务是怎样产生的呢？岗位或职务只因企业组织整体的责任使命而出现。"责任"从来不会被赋予具体的人，而是被赋予了具体的岗位或职务：责任只存在于具体的岗位或职务，但责任却是由具体岗位或职务上的人来承担的。无论人员以何种方式发生流动和变化，"责任"则始终如一的矗立在岗位或职务上；无论责任岗位上的哨兵原来是何种职务、何种身份，只要他站在了岗位上，他就必须承担起岗位责任。

- **责任心是最大的价值**

责任保证绩效，责任也赢得市场，如果你是负责的，你就会拥有越来越多信任你、支持你的客户。

对个人而言，从脚下做起，从自己的工作做起，是走向成功的基础。有个管理语言进一步说明了岗位责任价值的深刻内涵——"割草工的客户关系管理"：

有一个替人割草打工的男孩打电话给布朗太太说："您需不需要割草？"布朗太太回答说："不需要了，我已有了割草工。"男孩又说："我会帮你拔掉草丛中的杂草。"布朗太太回答："我的割草工已做到了。"男孩又说："我会帮您把走道的四周割齐。"布朗太太说："我请的割草工也已做到了，谢谢你，我不需要新的割草工人。"男孩便挂了电话。

此时男孩的室友问他说："你不是就在布朗太太那割草打工吗？为什么还要打这个电话？"男孩说："我只是想知道我究竟做得好不好！"多问自己"我做得好不好"，这就是追求敬业的态度和责任心。

- **企业不是权力系统，而是责任系统**

在企业组织中，领导是责任的同义词。领导就是一种责任，而不是发号施令和享受优惠待遇。作为担负着重要职务的管理干部来说，每天承受压力如履薄冰的滋味固然不好受，但却是企业健康发展所需要的。

图 5-1 是罗杰·马丁的领导模型，对我们具有很大的启发意义。

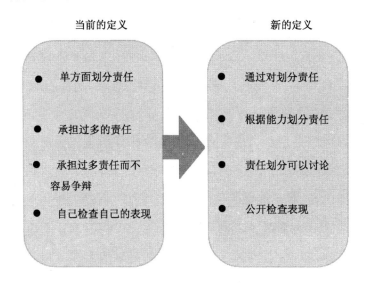

图 5-1　领导的新定义(选自《责任病毒》作者：
罗杰·马丁　出版日期:2003-6 机械工业出版社)

其一，领导不是单方面决定如何划分责任的人。相反，领导通过公开的对话来确定自己和别人的责任；

其二，领导不应该是"我说了算"，而是应该想办法让自己和别人的能力与责任匹配起来；

其三，领导应该把自己的想法说出来，听听大家对责任级别的划分的意见。

• 企业家是最大责任承担者；岗位责任是各级人员的责任基础

企业组织里"最重大责任岗位"，是"企业家责任岗位"；企业组织里"最重大责任承担者"，是企业组织里的"企业家"。可能是董事长、CEO、总裁、总经理、老板、企业主等称呼。在这些称呼和权利符号的背后，意味着他们是企业组织里最重要的责任承担者。企业组织里最重大的责任，是确认企业未来方向与战略的"决策责任"，企业不能像无头的苍蝇一样乱飞乱撞、也不能随波逐流走哪算哪。在企业组织里，只有企业家才是企业未来的方向和商机确认与决策者——这是无人可以替代的"企业家"的责任。如果董事长、CEO 和总裁们在取得一定的成功后，逐渐地感受到权利的美好与个人私欲的扩张，而不是时时意识到责任的重大与风险，那么，企业就将悄悄地滑向失败的边缘——事实上，现实生活中大量企业失败的案例，都包含了企业家本人"责任丢失"的重大责任。

与企业家相对，各级企业人员的岗位责任是各级人员的责任基础。提高决策能力和承担更多的责任，应该是我们每一个人的目标。

责任能力通常不会一下子突飞猛进，但是却能够或快或慢地逐步增长。罗杰·马丁的责任阶梯为我们分析责任提供了一个很有用的工具：

"责任阶梯帮助我们理解了随着时间的推移，我们的责任也在增加。这不仅减少了责任病毒的产生，而且也加快了个人发展的脚步。责任阶梯所提供的一次一小步的方式使我们能够循序渐进，减少了承担过多责任或逃避责任的情况的出现。这种方式还给我们提供了衡量我们的进步的基准。当我们看到自己可以承担起某一等级的责任的时候，就可以向更高一级进军了。这样一个逐渐的进步会定期给我们以鼓励，同时也减少了我们对失败的恐惧。"

• 重大责任需要企业重大投入

在实际的工作中，无论组织还是个人，往往在责任面前的授权和资源不能够做到有效匹配。孙景华先生在他的《永不消失的责任》的开头语中举了一个例子：

在中国江西的一个乡镇，某烟花制造企业发生了特大爆炸事件，结果是直接责任人，一个企业组织里最底层的普通安全管理员，承担了最严重的责任后果，被捕入狱，并判处所有责任人员中最重的刑期。这是令我们非常困惑和"愤愤不平"的事件，一个只拿区区几百元人民币薪水的最底层员工，既无任何人财物处置的权力、也无高额的利益收入，但却承担了企业里最重大责任的惩罚！

在此孙景华先生提出了一系列耐人寻味的问题：

"这位安全管理员身上所发生的责、权、利严重的错位问题，究竟是企业组织管理理论的原则发生了错误？还是这家企业没有按照组织管理理论原则去执行——譬如按照责、权、利对等的原则，给这位责任最重大的普通安全员，以企业里最高的薪水、最大的危机时的人财物的处置权力？我们想知道在这个事件里，究竟发生了什么问题？面对这位安全管理员身上所发生的责、权、利严重的错位问题，我们以往的提问方式是：安全管理员的岗位职责是什么？安全管理员是否尽职尽责了？如果安全管理员没有尽到职责，他该受到什么样的处罚？这样的提问方式，实际上是以'已经存在的岗位'为起点，强调岗位责任、人员配置和责任缺失后的惩罚——这是试图解决问题的方法，而不是试图找出问题原因的方法。"

在现实管理中，我们所看到的，是大量的责、权、利不对等的现象，在此，我们的观点是：重大责任要有重大投入与之相配套，包括权利、培训咨询、文化建设、人力投入等，这应该成为我们管理者应该正视的一个现实问题。

结　语

　　责任常常被误解为是主动承担任务——主动承担责任其实是在说"责任心"、而不是在说"责任"。事实上，责任是一个被动词，责任是"（被他人或外界所赋予的）分内应做的事情"——无论是企业组织还是个体个人，责任的这一性质，使得责任成为了"不得不承担的任务"。当推卸责任的行为发生时，事实上是推卸掉了"必须承担"的使命和任务；当责任不能被有效承担起时，事实上是责任能力的缺失导致了责任的缺失；既没有责任心又没有责任能力的现象发生时，责任就将全面的缺失，并将付出组织或个人生存崩溃的代价。

　　有鉴于此，国富创新咨询公司经过长期的咨询经验，形成了一套"责任训导"的方法：

　　第一，明晰每个岗位角色的责任：

　　一是首先要弄清楚自己该承担的责任，而不要首先寻找借口。

　　二是首先明白自己该负有哪些责任，你才可能承担起相应责任。

　　三是首先明白自己的责任是什么，不要首先想到别人甚至推诿。

四是明白自己的责任是最基本的职业要求，标志了一种职业化水平。

五是首先判断自己能不能承担起这份责任，如果不能，就要尽快提出来，以免造成损失。

第二，企业责任训导项目系统化设计：在组织内部责任文化训导策略基础上，项目建设的组织保障和路径设计主要遵循国富蛛网模型进行，国富的设计线、培训线、产品线和传播线"四线"方法比传统的企业责任文化建设方法更有成效：

由专家主导实施、企业积极参与的形式，如焦点小组座谈会、先导小组的主题研讨、内部讲师封闭式培训等。

由专家策划、企业负责实施的形式，如文化宣传队巡讲、内部征文活动、项目启动仪式等。

企业在专家的指导下，进行策划实施的形式，如企业文化主题辩论赛、企业文化新闻发布会等。

各种形式的活动相辅相成，作为责任训导项目系统工程将根据企业的具体情况和需求分阶段按节奏的实施。

通过系统的组织或企业责任系统训导，将对责任文化和岗位责任产生积极的影响，收到更好的效果。

参 考 文 献

[1]   周志友. 德胜员工守则[M]. 合肥：安徽人民出版社，2006.

[2]   刘光明. 企业文化[M]. 北京：经济管理出版社，2006.

[3]   田野. 拿破仑·希尔成功学全书[M]. 北京：经济日报出版社，1997.

[4]   陈满麒. 工作中无小事[M]. 北京：机械工业出版社，2006.

[5]   成志明. 苏宁——成长的真谛[M]. 北京：机械工业出版社，2006.

[6]   万科的观点·管理篇[M]. 广州：花城出版社，2006.

[7]   颜建军，等. 海尔中国造[M]. 海口：海南出版社，2001.

[8]   吴甘霖. 方法总比问题多[M]. 北京：机械工业出版社，2007.

[9]   郭泰. 王永庆的管理铁锤[M]. 台北：远流出版公司，2002.

[10] 詹姆斯·柯林斯，等. 基业长青[M]. 真如，译.

北京：中信出版社，2002.

[11] 威廉·大内. Z 理论[M]. 朱雁斌，译. 北京：机械
工业出版社，2007.

[12] 拉里·杜尼嵩. 西点领导课[M]. 杨衫，译. 北京：
中国社会科学出版社，2005.

[13] 约翰·索卡，等. 第一个冲进去，最后一个撤出来
[M]. 刘军，译. 北京：中国社会科学院出版社，
2005.

[14] 约翰·米勒. 问题背后的问题[M]. 李津石，等译.
北京：电子工业出版社，2006.

[15] 肯·布兰佳，等. 共好[M]. 许海燕，译. 北京：
电子工业出版社，2003.

[16] 詹姆斯. 论强者[M]. 刘宁，译. 成都：成都科技
大学出版社，1987.

[17] 约翰·阿代尔. 如何培养领导者[M]. 李璐，译.
北京：中国人民大学出版社，2007.

[18] 罗杰·马丁. 责任病毒[M]. 方海萍，等译. 北京：
机械工业出版社，2003.

[19] 阿尔波特·哈伯德. 自动自发[M]. 陈书凯编译.
北京：机械工业出版社，2004.

[20] 匿名. 海豹团队[M]. 贾钒，等译. 北京：中国社
会科学出版社，2005.

［21］ 杰拉尔德·福斯特，等. 责任制造结果［M］. 陈小龙，译. 北京：中信出版社，2003.

［22］ 国富团队. 对话新奥（征求意见版）.

［23］ 国富团队. 因为热爱（征求意见版，宝胜集团内部文化读本）.

［24］ 国富团队. 某空管站执行力文化内部读本.

［25］ 国富团队. 珠海电厂文化内部读本.

［26］ 周永亮. 本土化执行力模式［M］. 北京：中国发展出版社，2003.

［27］ 周永亮. 矛攻还是盾守［M］. 哈尔滨：哈尔滨出版社，1999.

［28］ 周永亮. 变革领导［M］. 北京：经济管理出版社，2007.

［29］ 周永亮. 理念方太［M］. 北京：中国发展出版社，2006.

［30］ 周永亮. 我是职业人［M］. 北京：机械工业出版社，2007.

［31］ 周永亮. 中国企业的执行问题［M］. 北京：机械工业出版社，2007.

［32］ 李建立. 联想再造［M］. 北京：中国发展出版社，2005.

后　记

这本小册子是我们多年工作的心得结晶！

首先要特别感谢我们的客户与合作伙伴：宝胜集团、正达集团、新奥集团、珠海电厂、方太厨具、华立集团、万国法源、青岛空管站、德胜洋楼，给我们提供了很多、很好、很真实的素材！

其次，我们非常感谢接受过我们培训的伙伴，如金融街控股、金融街建设开发、蒙牛奶业、江苏电力、南京供电局等，在与他们的沟通和调研中，我们也收集了很多不错的素材，也感受了他们的责任心！

第三，要真挚地感谢刘洪斌、刘洪兵、李夏磊、贺志朴等同事，他们在项目过程中收集了大量活生生的素材。

如果书中有精彩的观点和案例让您觉得很好，那是以上诸位的功劳！

如果书中出现不太令您满意的问题，那肯定是我们两位没有尽到责任的结果！

周永亮　李建立

2007 年 10 月 19 日国富办公室

作者简介1：周永亮博士

周永亮，知名管理咨询专家，1995 年毕业于北京大学国际关系学院，获法学博士学位，现任国富经济研究院执行院长、国富创新管理咨询公司董事长，曾在国有大型企业从事管理工作，兼任中国企业联合会管理咨询委员会执行委员，2004 年被国内六家权威机构评为"首届中国十大管理咨询师"，2005 年被评为"中国十大最具魅力企业培训师"。

作者已经出版的主要著作有《海外华人成功启示录》《华夏文明延伸之谜》《经营大失败》《寰球角斗场》《矛攻还是盾守：企业争霸整体策划书》《中国企业前沿问题报告（2001 年版）》《中国经济前沿问题报告》《名牌竞争战略》《华立突破》《本土化执行力模式》《组织执行力》《中国企业的执行问题》《理念方太》《变革领导》《我说职业人》等，发表文章 300 余篇。

作者的咨询培训服务客户包括中国石化、中国石油、国家电网、中国电信、中国移动、中国网通、中国兵器、中国一航、建设银行、中国银行、华融投资、华立集团、宝胜集团、正达集团、新奥集团、北京综合投资、北京东安集团、哈高科集团、陕建机股份、杭州南都电源、杭州电信实业、宇通客车、海南建业、湖北美岛服装、青岛空管、郑州机场、国航货运、怀建集团、广州美林基业、广西荣和集团、上实物业、江苏电力、河北电力、太原钢铁、邹县电厂、珠海电厂、岳阳纸业、香港金马家居、可口可乐、三星中国、乐天食品、日本三洋机电等300多家国内外大中型企业和浙江温州市、湖北荆州市、湖北襄樊市、河南许昌市、宁夏石嘴山市、河北沧州市、山东寿光市以及全国工商联不动产商会、首都医科大学、海南出版社、电力出版社、潍坊国税、怀柔国税等政府和事业单位。

作者的电子邮件：zyliang@ public3. bta. net. cn。

作者简介 2：李建立博士

李建立，知名管理咨询专家，毕业于北京大学社会学系，获法学博士学位，现任国富创新管理咨询公司总裁，是国际管理咨询师协会理事会在华首批认证咨询师。

作者已经出版的主要著作有《韩国崛起之谜》《经营大失败》《联想再造》《本土化执行力模式》《组织执行力》等，发表文章 100 余篇。

作者的咨询培训服务客户包括中国电信、中国移动、中国兵器、长江证券、华融投资、华立集团、宝胜集团、正达集团、新奥集团、北京综合投资、北京东安集团、哈高科集团、杭州南都电源、杭州电信实业、湖北美岛服装、青岛空管、郑州机场、怀建集团、广州美林基业、珠海电厂、万国法源、香港金马家居、日本三洋机电等 200 多家国内外大中型企业和湖北荆州市、首都医科大学等政府和事业单位。

作者的电子邮件：lijl@ gfortune. com。

全力打造企业职业文化培训图书
第一品牌

大浪淘沙，百舸争流。

面对白热化的竞争之潮，企业的成长和发展，归根结底都离不开人的因素。

机械工业出版社把为企业提供专业化的图书产品和服务为使命，集中打造了"企业职业文化培训第一品牌"，其系列图书用以帮助企业提升员工的职业素养，推动企业进步，实现共同发展！

地址：北京市西城区百万庄大街 22 号 机械工业出版社 经管分社 邮编：100037
电话：010-88379081 88379705 传真：010-68311604

机械工业出版社
CHINA MACHINE PRESS

每一个老板、每一名管理人员都会对下属有要求，无论这些要求是否明确、合理，都会遭遇它们各自的结果；每一个企业都会有战略目标，无论是否明确、合理或者宏大，同样地每一个目标都会有最终的结果。许多老板、管理人员与企业必须共同面对的现实是：结果往往与目标之间有很大的差距，或者"没有完成任务"、"没有达成目标"，问题在哪里呢？"想法没有得到实施"，"方案没有得到执行"，"执行不到位"。

本书从"执行重在到位"的角度出发，不满足于"执行"和"执行力"基本理念的引入，而是将这个企业管理界流行已久的概念进行了深入、生动的具体阐述，提出了"执行到位的三大标准"、"一流执行者应牢记的六大到位理念"以及如何执行的有针对性的建议，具备很强的可读性和可操作性。无论对于企业员工还是企业管理人员，都有很好的指导作用。

执行重在到位
书号：22690
作者：吴甘霖 邓小兰
定价：25.00元

责任，是工作出色的前提，是职业素质的核心。

一个缺乏责任的民族是没有前途的民族，一个缺乏责任的人是不可靠的人！

一个缺乏责任的组织是注定失败的组织，不管这个组织看起来是多么的强大与可怕！

本书两位作者都是从事管理咨询工作十年之久的资深人士，以其丰富的企业管理经历和咨询培训经验，通过大量的精彩案例，告诉职场中人，一个职业人要展示自己的才华，实现自我价值并不能仅仅依靠自己的能力！因为实现自我价值需要前提，把才华发挥出来也需要前提。

这个前提就是责任！

因为，一个人有了责任心，才能有激情、有忠诚、有奉献，才有成就一切事业的可能。

高度的责任心永远是组织最宝贵的财富，是一个人是否成功的精神推动力。

工作就是责任
书号：22685
作者：周永亮 李建立
定价：20.00元

本书提出了每一位员工需要自我反思的人生问题，并对这个问题进行了深刻细致的解答。它有助于员工解除困惑，调整心态，重燃工作激情，使人生从平庸走向杰出。如果每一位员工都能从内心深处承认并接受"我们在为他人工作的同时，也在为自己工作"这样一个朴素的理念，责任、忠诚、敬业将不再是空洞的口号。

本书更多地从员工的角度出发，具有深厚的人文关怀，是提升企业凝聚力、建立企业文化的完美指导手册和员工培训读本。

你在为谁工作
书号：15871
作者：陈凯元
定价：16.80元

对于职场人士来说，当遇到问题和困难时，能否主动去找方法解决，而不是找借口回避责任，这一点，对他在职场中能否成功和发展具有决定性的作用。

本书是一流人才工作方法的专著。作者是享誉海内外的方法学家、国际职业培训师，他一步步教你怎样克服对于问题的恐惧，在遇到问题时怎样运用一些思维技巧，比如找准"标靶"、类比思考、巧妙转移问题等，不仅能从心理上藐视问题，以方法克敌制胜，而且还能最终将问题和挑战转变为机遇。这些不但对于员工，而且对于任何遭遇挑战、寻找人生发展突破的人都有很好的指导作用。

方法总比问题多：
打造不找借口找方法
的一流员工
书号：15880
作者：吴甘霖
定价：18.00元

把工作做到出色
书号：17611
作者：宋艳丽
定价：18.00 元

本书提出了每一位员工工作时应有的标准。做一天和尚撞一天钟，马马虎虎的工作标准早已不适应现代企业的要求，也不是现代职业者应该具有的标准。在激烈的市场竞争下，企业要出精品，职员也要出精品，用糊弄的方式来对待工作就等于糊弄自己。

本书不仅提出了这一标准，而且深入细致地分析了把工作做到出色的心理动力，有助于职员解除困惑，调整心态，重燃工作激情。并且更重要的是为如何把工作做到出色提供了具体的方法，同时也提供了一些触类旁通的思维启迪。本书更多地从员工的角度出发，设身处地地考虑员工的问题，具有深厚的人文关怀，是提升企业竞争力，提升企业凝聚力，建立企业文化的完美手册和高效的员工培训读本。

合格的员工这样工作
书号：20646
作者：田鹏
定价：20.00 元

如果企业只是在概念层面强调"要培养良好的职业习惯"或者是"工作需要热情"，那么不论企业重复多少次，都难以取得预期的效果。只有将"培养良好的职业习惯"的要求拆分到：提前作计划，随时作记录，及时作总结，从经验中提炼出规律，用新习惯替换旧习惯等具体的操作中；只有将"工作需要热情"的要求拆分到：业余时间做什么，什么情况下加班，经常给出合理化建议，从积极的角度理解他人的反馈和给出的建议，用具体的挑战诠释勇敢和热情等具体的内容中，才能使其有效地服务于日常工作，获得企业希望看到的结果。

提升自己的价值
书号：20283
作者：邹德金
定价：19.80 元

每一个企业的成长都离不开员工自身职业素质的提升。

本书着眼于员工的职业发展，从企业业绩提升与员工自身价值实现相结合的角度，讲述了怎样看待工作、怎样看待自己、怎样克服职业发展中常见的问题，如何以新的理念、创造性的方法，在为企业做出更多成绩的同时，自身的价值得以充分实现。本书对面对新经济时代，如何培养创新型的员工，做了有益的探索。

忠诚胜于能力
书号：15635
作者：邱庆剑
定价：18.00 元

忠诚不仅是一种品德，更是一种能力，而且是其他所有能力的统帅与核心。缺乏忠诚，其他的能力就失去了用武之地。本书强调忠诚是一种义务，与公司共命运，为荣誉而工作，用生命去执行。

本书诠释忠诚，注解能力，适合每一位管理者及被管理者阅读，是最精炼的员工培训读本。

最真实的榜样，最具震撼的激励。本书不仅讲述了成功之道，更讲述了成功者的成长历程，使读者从榜样身上，看到了自己实现理想的方法。

本书记述了一位百万年薪职业经理人——典型的职业感悟以及他如何成长为百万年薪职业经理人的奋斗历程，深刻阐释了"责任＝机会"这一朴素的真理。

本书适合企业员工、机关公务员和一切渴望取得成功的人阅读，对于个人提高责任意识，抓住成功机会，具有重要的意义。

责任＝机会：百万年
薪职业经理人的成长
与感悟
书号：18026
作者：邱庆剑 黄雪丽
定价：18.00 元

高效优秀的员工队伍不是天生的！这有赖于对其进行工作理念、方法的系统培训。本书介绍了各种帮助管理者与员工提高自身工作能力与效率的思路和方法。将这些方法付诸于实践，可以提升经营水平，打造高效率的企业团队，花更少的力量与更少的时间做成更多的工作，从而找到双赢捷径，实现企业与员工的共同发展，成就卓越伟业。

工作一定有方法
书号：16243
作者：柏宏军
定价：19.80 元

作为员工，无论是刚刚踏入职场，还是已经在其中打拼多年，你可能都已经意识到了，胜任工作的能力是你最大的资本。要做一名出色的员工，你必须明白岗位对你的要求，清醒地了解你自身所具有的能力以及不断提升它。而作为公司管理者，你更需要管理你的员工能力，并督促、考核、培训员工，使其能力不断提升，以更能胜任工作。本书作者在大量研究世界 500 强企业所看重的员工能力标准的基础上，有针对性地提出员工胜任工作的 9 大能力，可作为中国企业考评和培训卓越员工的有力参考。

你胜任吗：卓越员工
必备的 9 大能力
书号：20075
作者：于富荣
定价：18.00 元

本书强调，无论学生、教师、职员、自由职业者、老板以及公务员，都必须将"安于现状"几个字从头脑中划掉。打破现状，不断创新，才是生存的根本保证。

本书揭示了影响世界经济发展的"元规则"，认为"决不安于现状"是预防和遏制"安于现状"的一剂良药，并指出了预防的方法和途径，适合所有渴望成功的人士阅读，也可用于企业员工、公务员的素质培训。

决不安于现状
书号：16401
作者：邱庆剑
定价：16.80 元

正面思维是事业成功和自我价值实现的惟一途径。正面思维有利于人性的拓展，有利于职场的成功，有利于社会的进步。

正面思维要求处理任何事情都从积极、主动、乐观的意义上去思考和行动，促使事物朝着有利于自己的方向转化。它使人在逆境中崛起，在顺境中脱颖而出，变不利为有利，从优秀到卓越。

一切文明成果都是正面思维的结果。正面思维的本质就是发挥人的主观能动性，挖掘潜力，体现人的创造性和价值，它帮助人们从认知上改变命运，每个人都应该学会用正面思维来管理自己。

学会正面思维
书号：20120
作者：吴仕逵
定价：18.00 元

本书立足于当今企业中常见的轻视小事、做事浮躁等现象，从人性的弱点这一独特角度，挖掘出员工轻视小事的根本原因，具有深厚的人文关怀，极易引起员工的共鸣。它有助于员工端正心态，摒弃做事贪大的浮躁心理，把小事做好做到位，从而提高整个企业的工作质量。当重视小事成为员工的一种习惯，当责任感成为一种生活态度，他们将会与"胜任"、"优秀"、"成功"同行，责任、忠诚、敬业也将不再是一句空洞的企业宣传口号。

本书是一本提升企业竞争力、建设企业文化的指导手册，一本员工素质培训的完美读本，一本所有公务员、公司职员的必读书。

工作中无小事
书号：18225
作者：陈满麒
定价：16.80 元

"职商"和"职业素养"的概念，对中国许多人来说都是新的概念。在我们的职场中，充斥着有能力却总不成功的人，整天忙碌却无法为企业、单位创造效益的人，有很好的学历却无法将知识卖个好价钱的人……他们是痛苦的，可单位和领导偏偏又对他们十分不满。假如他们能够把提升职商当作在职场的第一件事情来抓，他们便拥有了职场成功的钥匙。

此书是一本打造一流工作者职业之魂的著作，不仅从18个最重要的方面探究了职场中最需要掌握的职业素养，而且从4个重要的方面帮助我们尽快提高职商。作者通过自身在职场成功与失败的感悟，以及对众多职场成功者经验的总结，为所有想在职场发展的人，提供了腾飞的翅膀。

一生成就看职商：
一流员工的职业素养
书号：18247
作者：吴甘霖
定价：19.80 元

韩国三星、LG、现代集团10万余名员工产业教育普及首选教程。

成就个人幸福与集体成功，营造"归一"文化的企业必备读本。

意识力量是无形的，却决定了企业的兴衰成败。"蝴蝶"的蜕变过程既蕴涵着员工自我转变的动机，又营造出企业清晰、有力的文化氛围。

蝴蝶：转变源于自我
书号：20282
作者：（韩）尹泰益
定价：22.00 元

拥有激情的员工，是最出色的员工！拥有激情的企业，才能成就最伟大的事业！

对于一个想在工作和事业上有所成就的人来说，激情是永远不可缺失的。激情的缺失注定会导致你的一事无成。

对于一个想长远发展的企业，必须具备满怀热忱的员工。只有热爱工作、对工作充满激情的员工才能为公司带来不可估量的利益，充满激情的团体和企业文化是企业最有力的竞争武器之一，也是竞争对手永远无法复制和抄袭的。

本书汇集、解读了大量员工、企业激情成长的案例，同时提出点燃激情引爆潜能、在工作中打造激情模式、让激情保持"恒温"的策略和可行的激情管理方法，使企业和员工能从中获得启迪和自助，迅速穿越没有激情的工作的"雷区"，成就伟大事业和人生！

点燃工作激情
作者：柏宏军

"使命感"是职业精神的灵魂。

使命感，就是知道自己在做什么，以及这样做的意义。就是把自己与一个伟大的事业联系在一起，释放生命的激情。使命感是一种无论给予自己的任务有多么困难，都要有一定要完成的坚强信念。如果缺少这样的"使命感"，你就很难成为一个真正优秀的员工。本书通过阐释使命的含义、使命与责任的关系、使命在职业发展中的核心作用等方面，帮助员工培养职业使命感，使得员工和企业获得双赢。

使命感
书号：21251
作者：吕国荣
定价：18.00 元

机工经管分社"企业职业文化培训图书第一品牌"旗下重点产品一览表

序号	书号	书名	定价／元
1	22690	执行重在到位	25.00
2	22685	工作就是责任	20.00
3	20120	学会正面思维	18.00
4	15871	你在为谁工作	16.80
5	15880	方法总比问题多	18.00
6		点燃工作激情	18.00
7	21251	使命感	18.00
8	18225	工作中无小事	16.80
9	17611	把工作做到出色	18.00
10	18247	一生成就看职商：一流员工的职业素养	19.80
11	20646	合格的员工这样工作	20.00
12	20283	提升自己的价值	19.80
13	20282	蝴蝶：转变源于自我	22.00
14	15635	忠诚胜于能力	18.00
15	20075	你胜任吗：卓越员工必备的9大能力	18.00
16	16243	工作一定有方法：实现企业与员工双赢的捷径	19.80
17	16401	决不安于现状	16.80
18	18026	责任＝机会：百万年薪职业经理人的成长与感悟	18.00